冷笑話護士
你的胃不太好喔。
餵鹽 胃炎。
餵銅 胃痛。
你的腸子
長了什
原來
你在腸子
藏東西，
所以出問
嗚哈哈哈
重。
血管的
血液循環情況
也不太好。
血管要由
血來管。

閻魔王的工作
很辛苦，很累人，
如果沒有健康的身體，
就連拿考試報名表的
資格都沒有。
你先去
地獄醫院
把身體養好
再來說。
打針
好痛啊，
所以我不喜歡，
算了，算了，
我不想當什麼
閻魔王了。
去買酒和芝麻仙貝，
然後就回家。
閻魔王

怪傑佐羅力
要被吃掉了！

文·圖 **原裕**　譯　王蘊潔

在看本書之前

各位讀者，這個人
會被開除，當不了閻魔王，
全都是自己的錯，
他弄錯了，不小心
把佐羅力帶去了地獄，
所以才會被開除，
這件事和佐羅力完全
沒有任何關係。
詳細的故事請各位讀者參考
《怪傑佐羅力之天堂與地獄》、
《怪傑佐羅力之地獄旅行》
這兩本書。

在這個男人眼中，
不管是自己被開除，
從閻魔王被降級成愚魔王，
或自己的身體健康出問題，
所有的一切，
統統都是佐羅力
的錯造成的，
都是佐羅力害的。
他想來想去，

嘀嘀咕咕
嘀嘀咕咕
如果佐羅力這傢伙沒來地獄就沒事
是佐羅力
是佐羅力
佐羅力這個大壞蛋
嗚呃～
愚魔王
酒
芝麻仙貝

愚魔王
如果沒有那個討厭的佐羅力，
這種天大的不幸，絕對
不可能發生在我的身上。
好，我決定了！要把那個佐羅力
大口吃掉!!

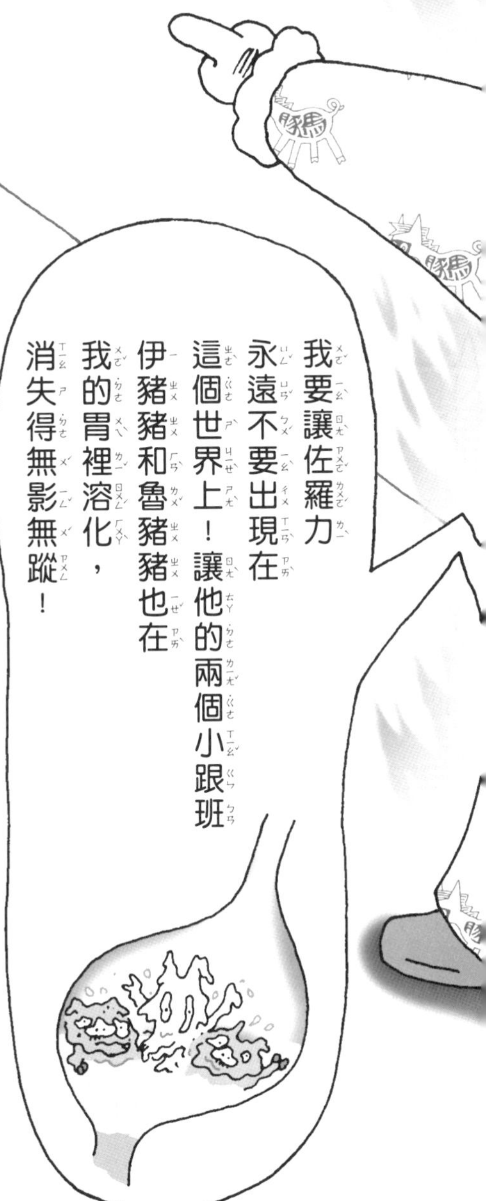
我要讓佐羅力永遠不要出現在這個世界上！讓他的兩個小跟班伊豬豬和魯豬豬也在我的胃裡溶化，消失得無影無蹤！

這件事就這麼決定了，愚魔王吩咐手下的惡魔，馬上去找佐羅力和伊豬豬、魯豬豬的下落。

好的。

佐羅力他們完完全全不知道
這件事，正在垃圾廠的
垃圾山前……

在那又深又黑的海洋深處
溫柔的、靜靜的沉睡著
寶藏啊，寶藏啊，正等著
輕輕呼喚你，讓你舒服的
從沉睡中醒來的王子，
他的名字就叫怪傑佐羅力，
在佐羅力去叫醒你之前，
你要靜靜的在那裡等待
不要發出呼吸聲，不要讓任何人知道。

他們正聚精會神，專心的建造潛水艇。

佐羅力的斗蓬不小心鉤到釘子，結果就扯破了。

「佐羅力大師，這點小事就交給我吧。」

伊豬豬從行李中拿出了針和線，一邊縫補被扯破的斗蓬，一邊對佐羅力說：

「佐羅力大師，雖然你說要製造潛水艇，然後出發去大海尋找寶藏，但是大海很大很寬啊。」

「我覺得漫無目的去大海裡撈針，只會在大海中迷路而已。」

魯豬豬也這麼說。

「嘿嘿，難道你們以為本大爺會毫無計畫，就製造潛水艇嗎？※上次我們闖進老虎的巢穴，他逃走的時候，不小心忘了把這本日記帶走。

前幾天本大爺閒著無聊，就拿起來隨手翻了一下。

結、結、結果……」

※佐羅力說的應該是《怪傑佐羅力和神祕魔法屋》的故事。請各位要記得看唷。

竟然發現這一頁上寫了這些内容。
這一定是老虎偷藏海底寶藏的藏寶圖。他竟然瞞著他的手下。真沒想到這個人做事這麼過分。
海底的
寶寶
地圖
宮，渾
附近的海邊
千萬不能被人發現，尤其不能讓
手下知道，
鬧事，
幸運乾
睡得很香甜？
老虎
好厲害。

那本日記雖然被撕破了，有些內容已經看不到，但上面真的有好像是老虎畫的海底寶藏的尋寶圖。

「如果不趕快出發去尋找，就會被老虎搶先拿走了。」

伊豬豬和魯豬豬聽了，也都興奮不已，

「尋找海底寶藏」潛水艇！

佐羅力認真的製造潛水艇，所以在一眨眼的工夫，就完成了一艘潛水艇。

肚子餓的時候，就可以伸出這根釣竿在海裡釣魚。
用這裡的微波爐煮來吃。
金魚缸
看到珍奇的魚，就趕快抓起來放在這裡養，之後去賣個好價錢。
舵
可以改變方向，隨意向左轉，向右轉。
氧氣幫浦
刀子
噴射引擎
把寶藏吸進來後，就可以放進這個氣球裡帶回來。就算有很多寶藏也不用擔心，只要把氣球吹大，就可以放進很多很多。
平常看起來沒有東西。
剪刀可以剪斷海藻
鐵錘可以打碎岩石
沙灘上挖貝殼用的耙子可以挖珍珠貝，蒐集珍珠。
想在沙地上行進時，就可以把輪子伸下來。輪子上面有吸盤，遇到危險的礁石，或是水流很急的地方，吸盤就會出現，一邊前進一邊用力吸住，這麼一來，就不會掉下去，也不會被沖走了。

這就是佐羅力設計的

只要把大電池裝進去，
馬上就可以發動了！
我們要去海底尋找寶藏，
趕快出發吧！
佐羅力所有
如果寶藏太多，一下子載不完時，都會先蓋上這個印章。
平時會隱藏在船身內，必要的時候，會伸出兩根活動桿，使用潛水艇上的工具。
駕駛座
大電池放在這裡。
燈
大電池
這根管子伸長，把寶藏吸進來，放到潛水艇後方的氣球裡。
只要有了這顆電池，潛水艇就可以連續行駛十個小時。

佐羅力心情振奮，
正忙著把大電池
裝上潛水艇，
就在這時——

閻魔王，不對，是愚魔王為了要吃佐羅力，把自己變得很大很大，從地獄的深處冒了出來。

佐羅力和魯豬豬、
伊豬豬差一點被吃掉，
幸好在驚險的瞬間閃開了。
但是，他們才剛剛做好
的潛水艇，
卻被愚魔王一口吞下，
消失在他的嘴裡。

啊，電、電池也被吃了。
老虎的日記 不可以看
趕、趕快逃走吧。
閻魔王現在為什麼又來找我們？
哇，這麼大。

佐羅力，你給我聽好！全都是因為你跑來地獄，害我被開除，從閻魔王降級，變成了愚魔王。
是你自己搞錯，把我抓去地獄的啊。
咚哐
愚魔王
別再說這些沒用的話，我再也不想看到你這張臉了。你就進來我的肚子，被我消化得精光，連屍骨也找不到吧。
愚魔王愈生氣，身體就會變得愈來愈大，愈來愈大。

滋哐
愚魔王
我被開除，不能當閻魔王之後，整天借酒澆愁，大吃大喝，結果把身體搞壞了，這事說起來，全都是你害的！
這和本大爺有什麼關係，你這根本是故意找我麻煩嘛。
嗯？
佐羅力和伊豬豬、魯豬豬當然不甘心被吃掉，所以拔腿拚命逃竄——

結果跑得太急了，
一下子跳到了
根本沒有路的地方。

佐羅力再怎麼厲害，
畢竟無法對抗
地心引力的影響。

啊，老虎的日記。
虎
日記
不可以看
劈
咦啊——
直直的墜落深不見底的山谷。
嗚啊——

但是，當他們墜落在山谷深處時，發現地面很柔軟，就好像是橡膠墊一樣，所以他們完全沒有受傷。

「沒想到，
這一帶竟然
會有這麼柔軟
的地面。多虧這裡這麼軟，
我們得救了！」
佐羅力才剛稍稍
鬆了一口氣，
立刻發現地面
竟然開始活動——

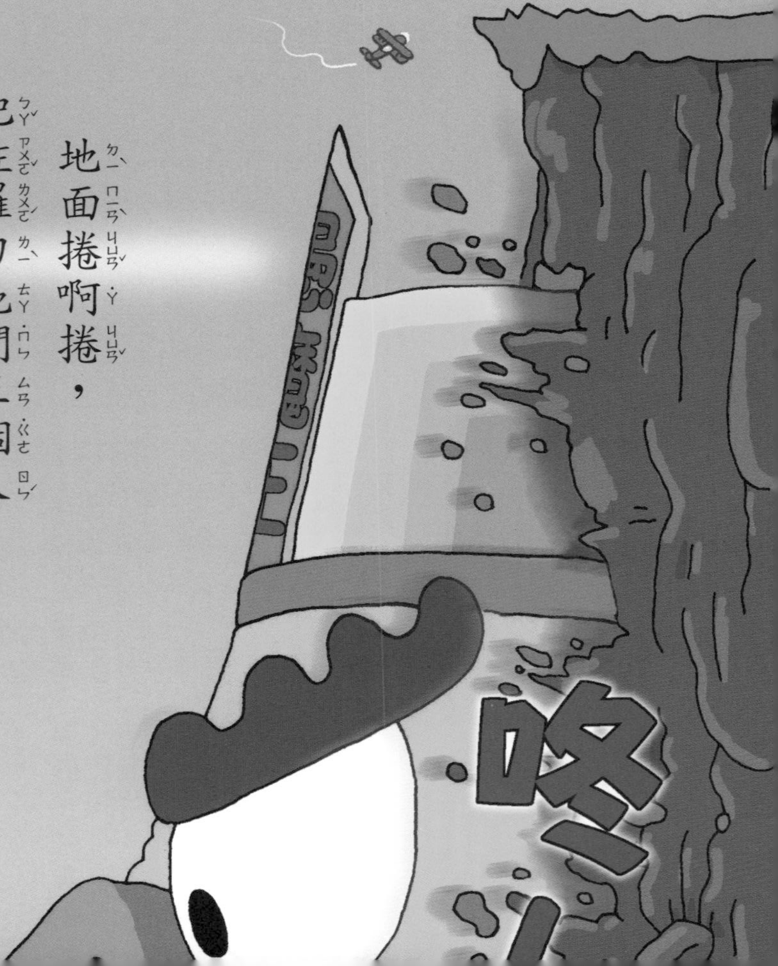

地面捲啊捲，
把佐羅力他們三個人
一起捲了起來。
「嗚啊啊，原來我們在
愚魔王的舌頭上。」
「啊哈哈，竟然在他的舌頭上。」
伊豬豬笑了起來，
但現在根本不是笑的時候。
他們三個人在轉眼之間，

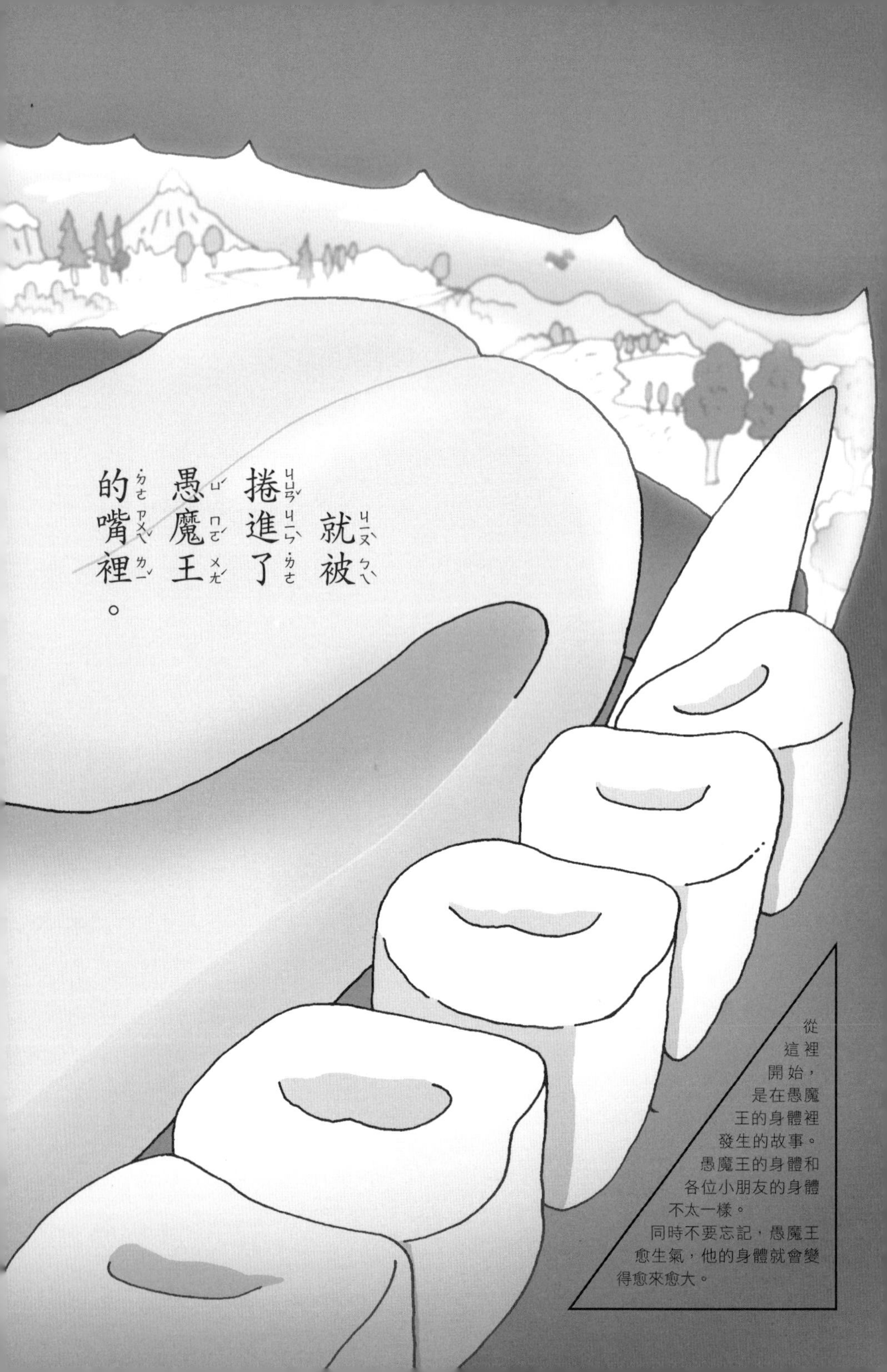

就被捲進了愚魔王的嘴裡。

從這裡開始，是在愚魔王的身體裡發生的故事。
愚魔王的身體和各位小朋友的身體不太一樣。
同時不要忘記，愚魔王愈生氣，他的身體就會變得愈來愈大。

「啊呀，如果被他這種好像
石磨一樣的臼齒咬幾下，
很快就完蛋了。
伊豬豬、魯豬豬，
趕快逃到喉嚨深處，
那裡比較安全。」
佐羅力對著
他們大叫起來。

喉嚨的深處有一條很長很長的隧道。

「原來這裡就是食道。」

「什麼？這裡是食堂？那我要趕快去買餐券。如果食堂裡有賣歐姆蛋就好了。」

「你這個傻蛋，食道不是食堂，是食物經過身體的通道。吃進嘴裡的食物，要經過這條通道，才能夠進入身體內。」

「啊？所以，我每次吃紅豆麵包和菠蘿麵包時，它們都會來這裡旅行。」

「咦？這上面好像還有另一條路。」

「那是氣管，是吸入空氣的地方，然後氣管會一直通到肺部。」

伊豬豬和魯豬豬聽著佐羅力的說明，走過食道……

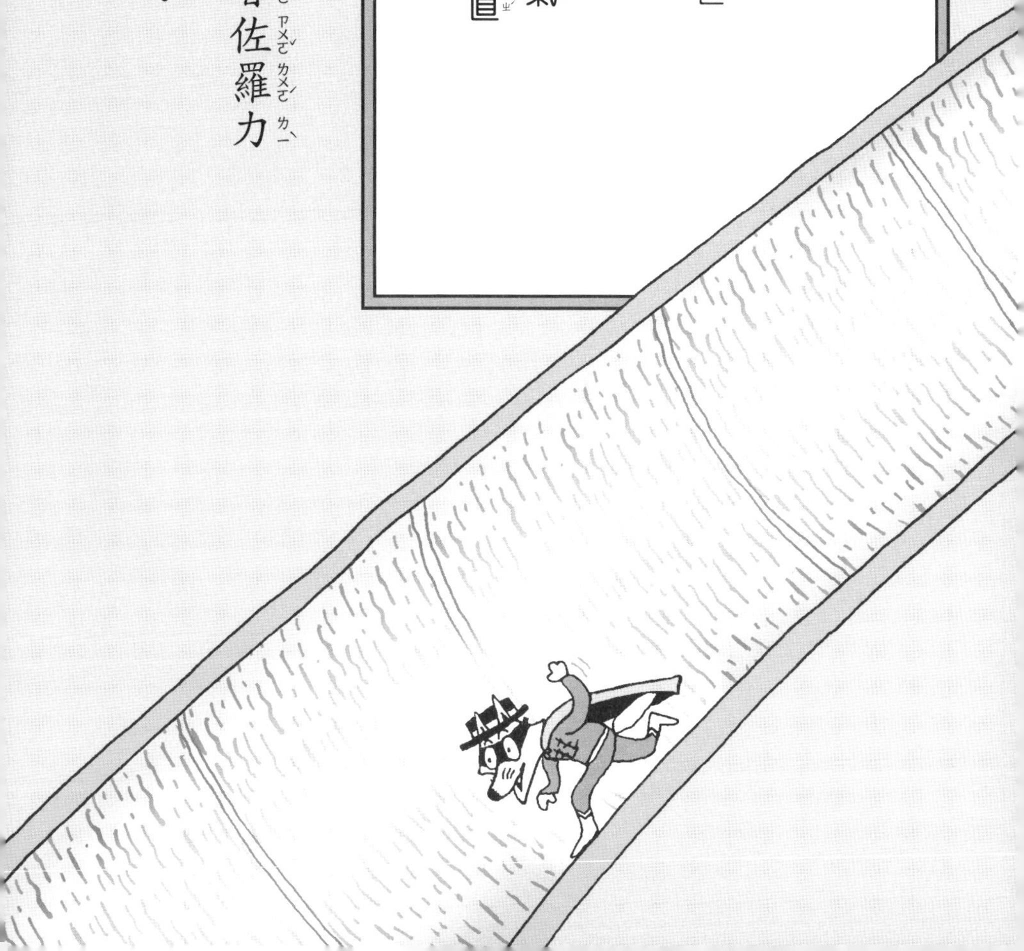

來到了愚魔王的胃。

「原來這傢伙整天都在吃芝麻仙貝，整個胃裡都是，完全沒注意營養均衡，果然是個愚鈍大王。」

「啊，佐羅力大師，我們剛才做好的潛水艇也浮在他的胃裡。」

「真是太棒了，潛水艇不是食物，所以沒有被他的胃消化掉。我們趕快坐上潛水艇，開著它，馬上離開這種鬼地方。」

佐羅力把芝麻仙貝當成跳板，一路跳了過去……

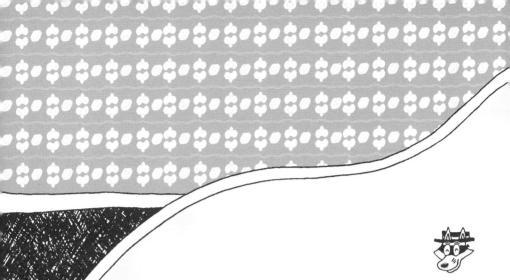

佐羅力好不容易坐進潛水艇，試著發動了引擎，但引擎靜悄悄的，潛水艇一動也不動。

「我知道了，原來是因為還沒有裝上電池。那顆巨大的電池應該也被他吞

進了肚子裡。

喂，伊豬豬、魯豬豬，

你們趕快找一找，

附近有沒有電池？」

伊豬豬和魯豬豬站在芝麻

仙貝上，在胃裡東張西望，

努力尋找電池……

咻——咻——

這時，傳來了奇怪的聲音——

胃壁各處
噴出了許多胃液。
愚魔王的胃正在消化
佐羅力三人和芝麻仙貝。
「這下不好了，一旦碰到胃液，
我們就會被溶化，大家趕快逃進
潛水艇保住性命。」
伊豬豬和魯豬豬慌忙
跟著佐羅力，跳進了潛水艇。

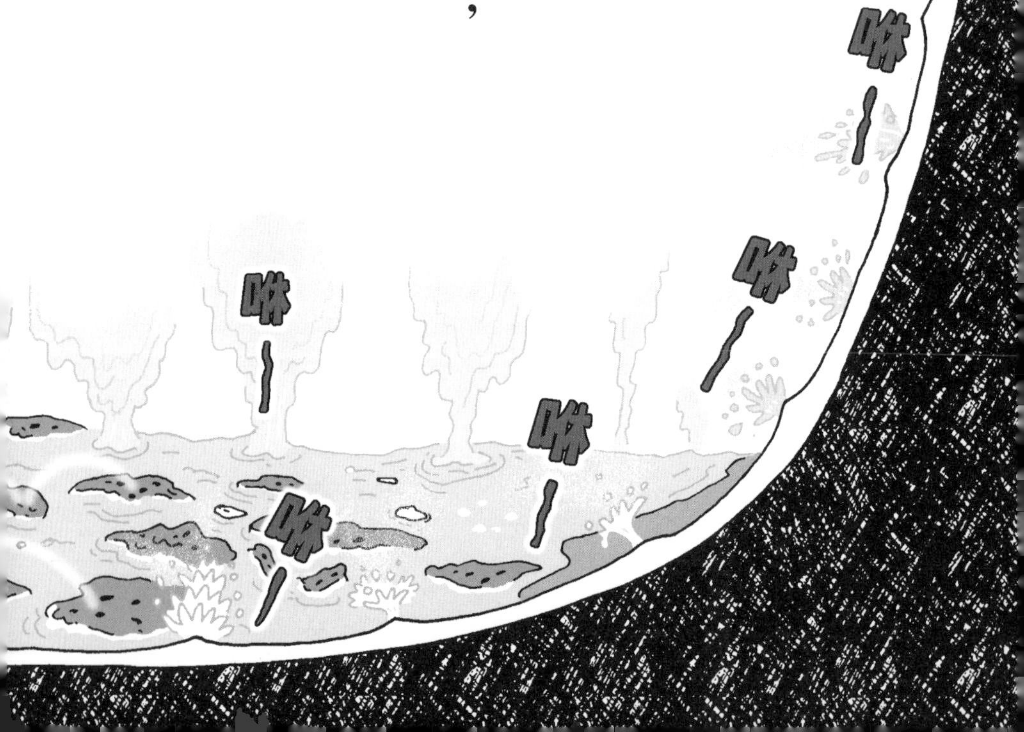

當他們逃進潛水艇，發現剛才站著的仙貝被胃液慢慢溶化了。

只要躲進潛水艇裡面，就不用擔心會被溶化，但是，因為他們沒有找到電池，所以不能發動潛水艇，恐怕一輩子都要待在愚魔王的胃裡了。

隨著胃液漸漸增加，潛水艇也慢慢在胃裡浮了起來，這時，佐羅力三人在胃壁上發現了一個洞。

「啊喲啊喲，愚魔王的胃，毛病真是不少啊。太好了，我們就利用這個洞逃出去！」

佐羅力他們三個人從胃裡逃了出去，

「伊豬豬，你就像之前縫補我的斗蓬一樣，趕快把這個洞也縫起來。不然，胃液滿了，流過來這裡可就慘了，我們會被溶化掉。」

佐羅力說話時，腳下不知道踩到了什麼東西。

「天助我也！我找到了潛水艇的大電池了。」

佐羅力回頭看向愚魔王的胃，發現伊豬豬動作很快，已經把胃上的破洞縫好了。

「呃啊，沒想到晚了一步。算了，就算現在把縫好的洞拆開，胃液也會

流過來把我們淹沒。哼，這種沒用的東西丟掉算了。」佐羅力丟掉了電池，然後他太生氣了，忍不住抬起腳，用力踹向愚魔王的胃。沒想到……

佐羅力大師，電池要回收，不可以隨便亂丟。沒關係，我撿起來，先放在我這裡。

佐羅力在愚魔王的肚子裡聽到他打飽嗝的聲音。

「哈哈哈，原來我踢他的胃，他胃裡的空氣就會從嘴巴裡跑出去，變成了飽嗝。」

佐羅力和伊豬豬覺得很好玩，兩個人一起猛踢愚魔王的胃。

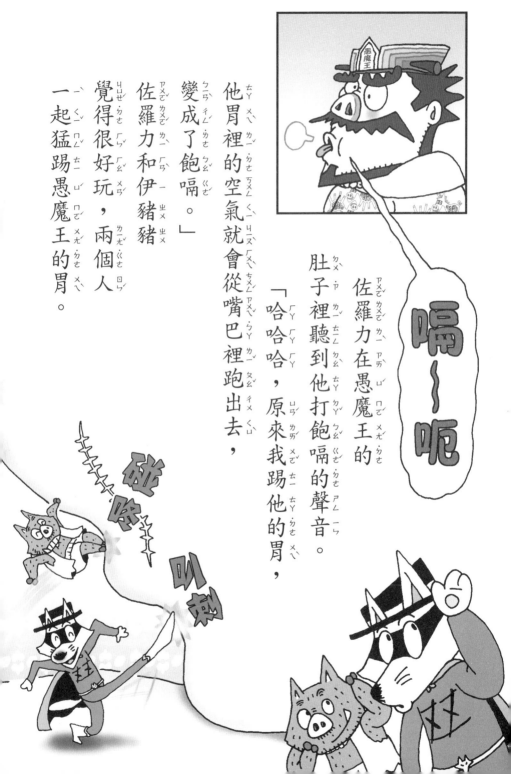

愚魔王連續打了兩個飽嗝。

「喂，魯豬豬，

你也一起來啊，太好玩了。」

佐羅力邀魯豬豬一起來玩。

「佐羅力大師，這裡也很好玩，

你看，這裡有彈簧床。」

魯豬豬跳了起來，

腳下的地用力搖晃起來。

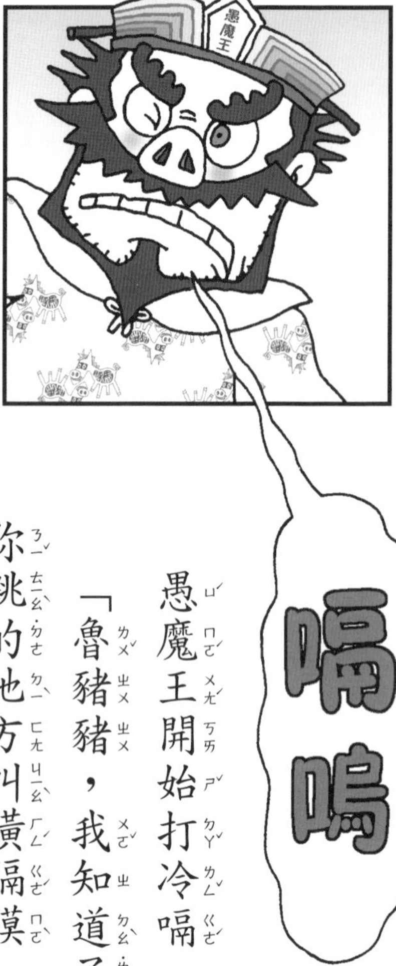

愚魔王開始打冷嗝。

「魯豬豬，我知道了，你跳的地方叫橫膈膜，只要那裡發生痙攣，身體就會不自覺的打冷嗝。」

「佐羅力大師，您真博學，什麼都知道。」

三個人樂不可支，

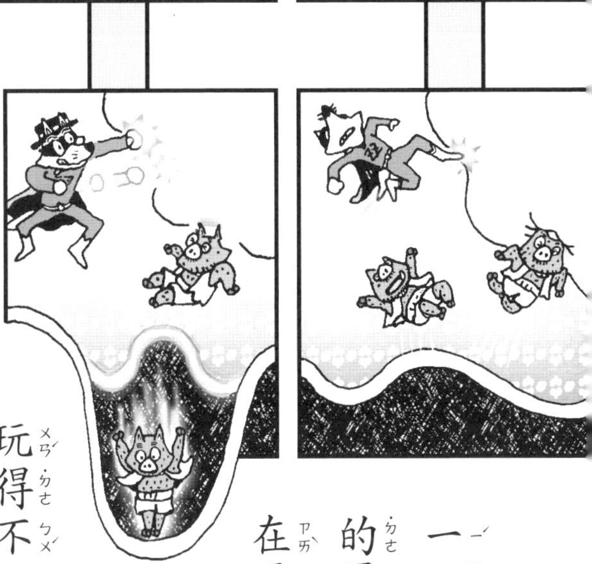

一下子踢愚魔王的胃，一下子，在愚魔王的身體裡面蹦蹦跳跳玩得不亦樂乎。

「啊，我想到了一個好主意。」

佐羅力突然靈機一動，想到了一個逃離愚魔王身體的妙計。

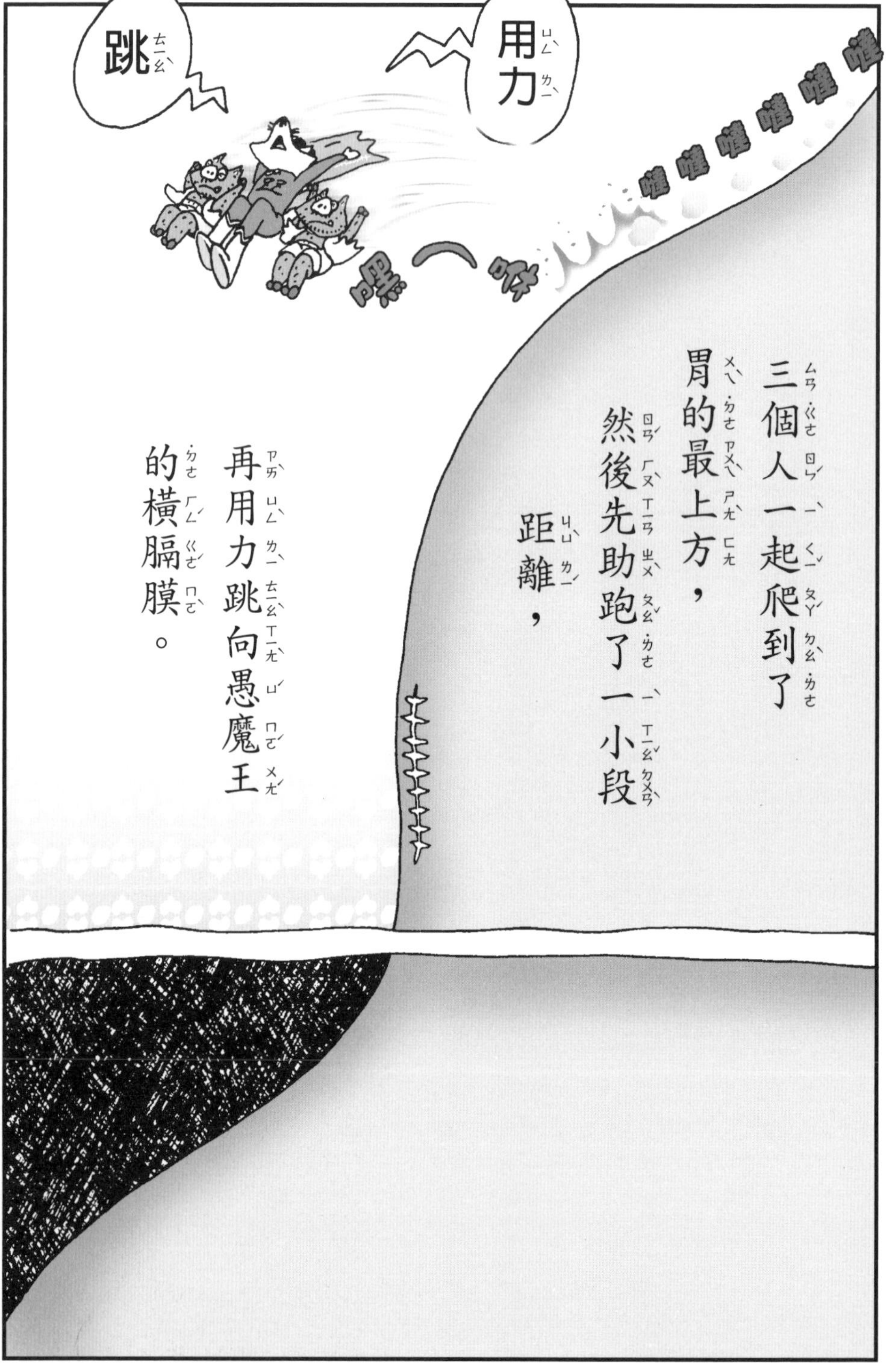

三個人一起爬到了胃的最上方，然後先助跑了一小段距離，

再用力跳向愚魔王的橫膈膜。

咚，橫膈膜軟趴趴的凹了下去，愚魔王打了一個冷嗝，

佐羅力他們三個人立刻被用力往上彈。

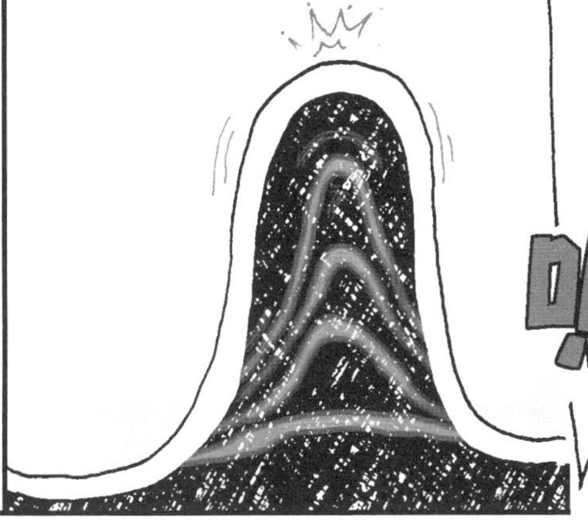

佐羅力機伶的想到一件事，只要被彈到上面，有愚魔王的眼睛、耳朵和鼻孔，就能找到很多可以逃出去的地方。

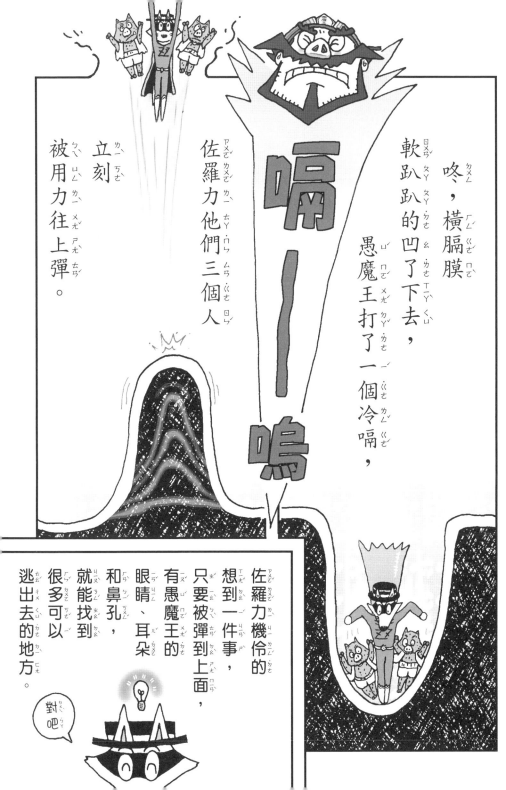

雖然他們被彈到了上面，但問題是上面有好幾條路，他們根本不知道自己現在到底在哪裡。

「佐羅力大師，現在要去哪裡？」

伊豬豬忍不住問，

「反正一直往上面走就對了。只要往上走，應該就可以找到出口。」

佐羅力和伊豬豬一步一步的向上爬。

魯豬豬往旁邊一看，發現左側那條路有亮光。

「我先過去看一下。」

說完，魯豬豬走進那條岔路，但是

一踏進去……

他的腳立刻被雜草一樣的東西纏住了，拔不出來。

「佐羅力大師！」

魯豬豬轉頭看向後方，用力大叫起來，但是佐羅力和伊豬豬已經爬到很上面了，根本沒有聽到。

魯豬豬急壞了，用盡了渾身的力氣，拔斷了纏住腳的雜草。

這時，上面突然出現了強力的水柱，把佐羅力和伊豬豬用力往下沖——

他們隨著愚魔王流下的眼淚，
一起被沖到了他的身體外。
「太好了，我們成功逃出來了。」
但是，佐羅力似乎高興得
太早了。

佐羅力大師，
魯豬豬、
魯豬豬在哪裡？

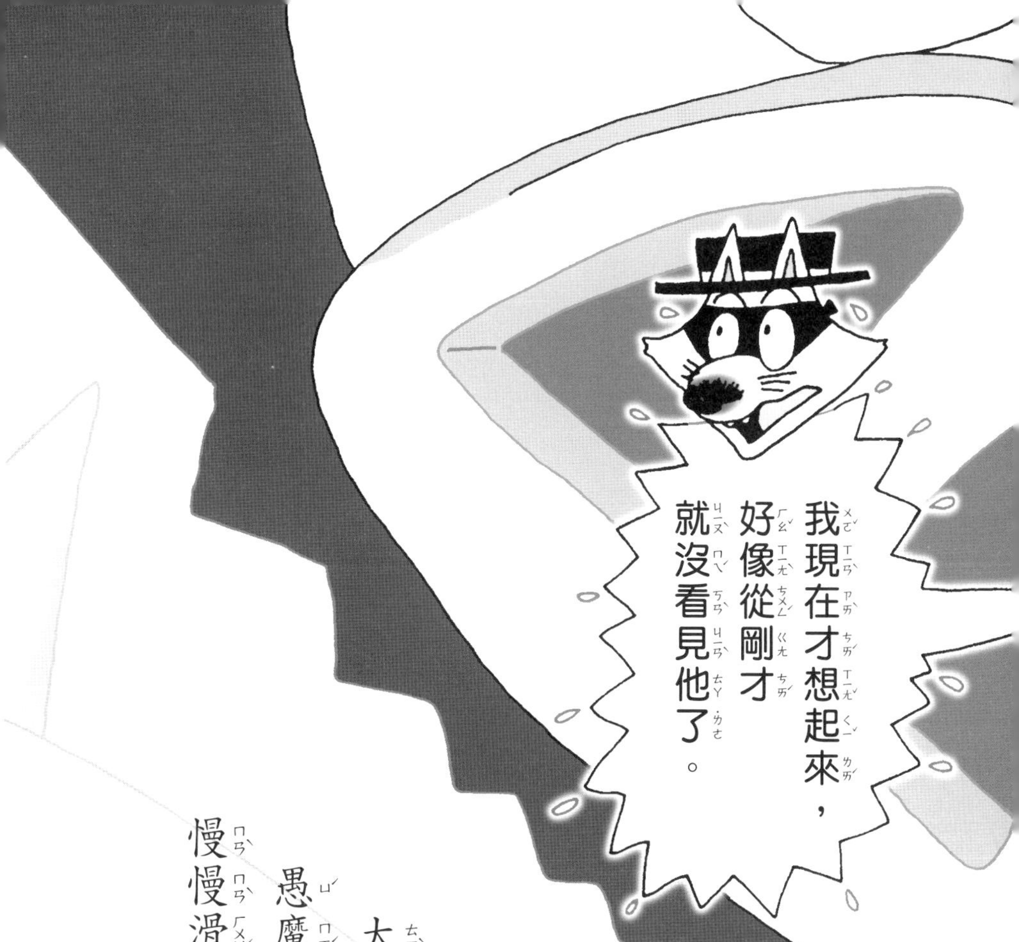

他們現在才
突然發現
魯豬豬不見了。
但是已經
太晚了。淚水順著
愚魔王的臉頰
慢慢滑了下去。

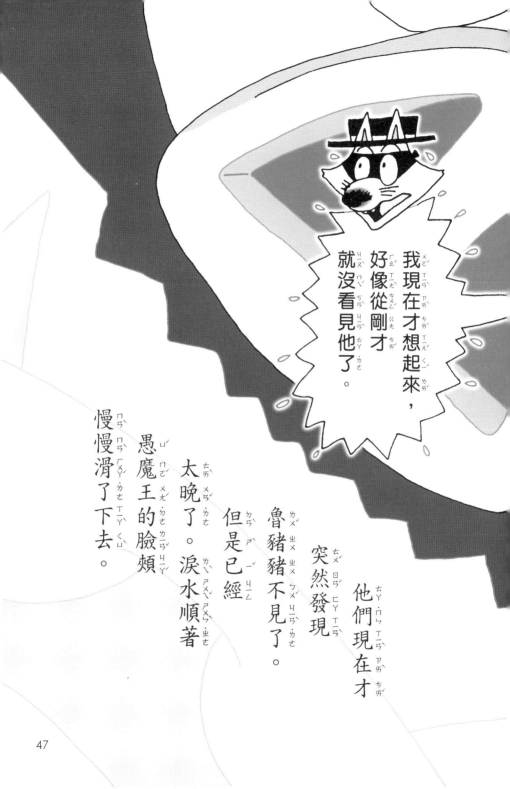

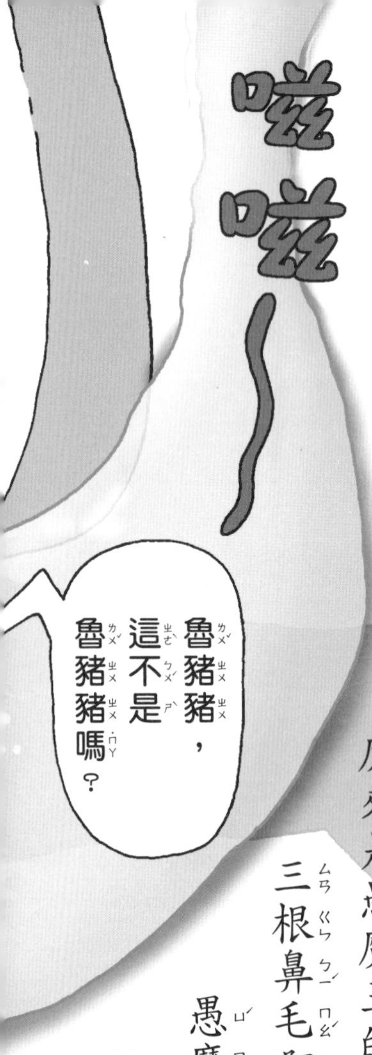

就在這時，魯豬豬竟然隨著鼻涕從鼻孔裡一起流出來了。

魯豬豬的腳上還纏著三根很粗的鼻毛。

魯豬豬剛才用盡全身力氣拔下的原來是愚魔王的三根鼻毛啊。

愚魔王痛得忍不住眼淚直流。

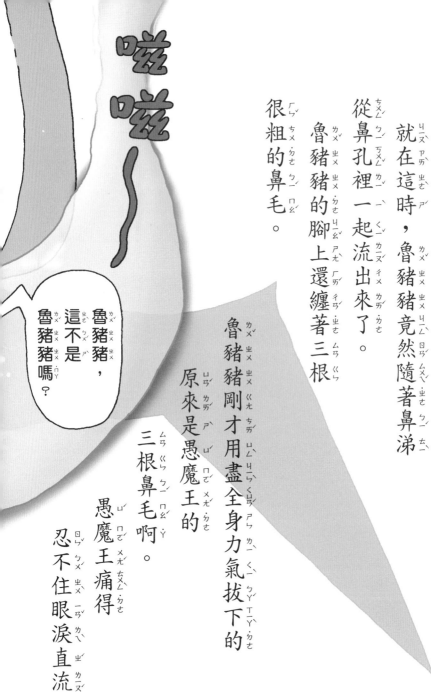

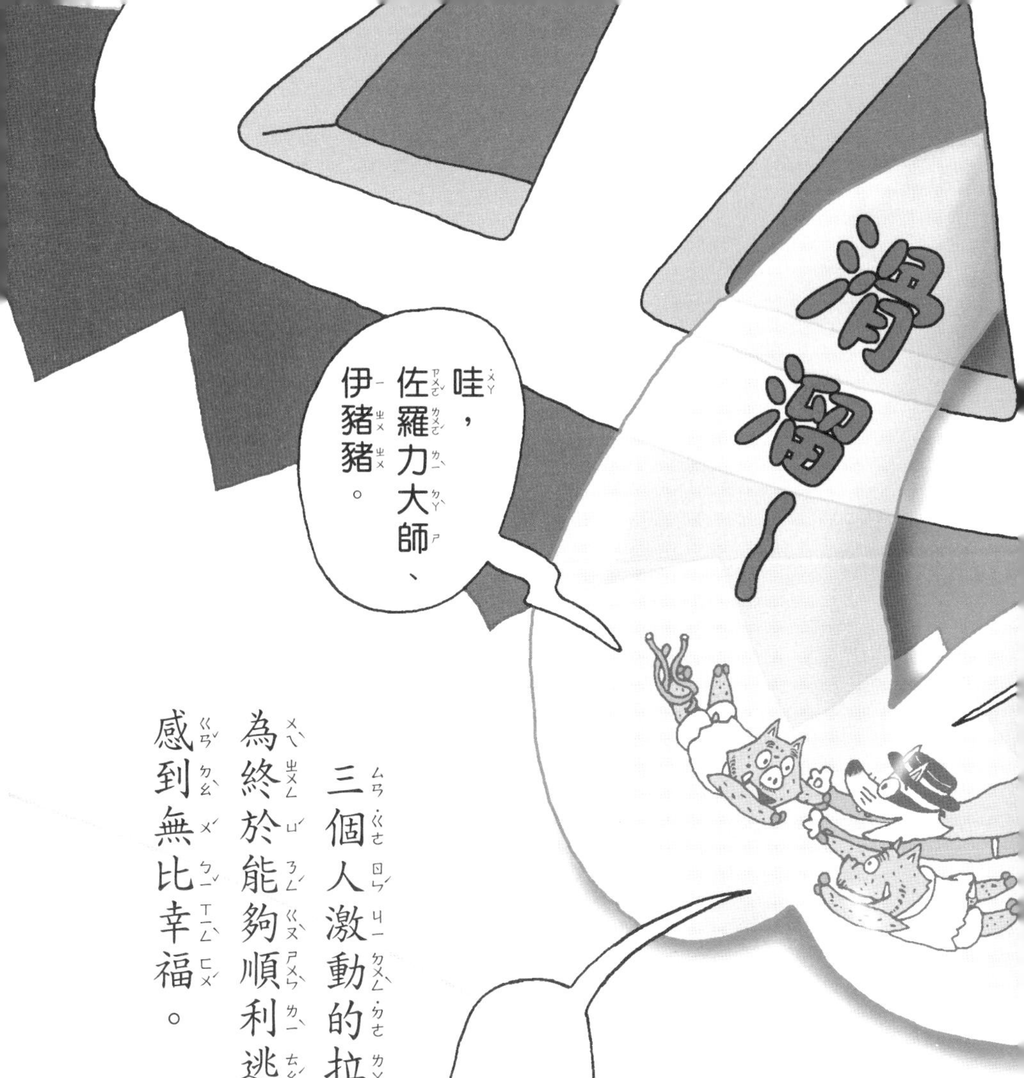

愚魔王的眼淚和鼻涕在鼻子下方會合了。

三個人激動的拉著手，為終於能夠順利逃出來感到無比幸福。

但是，愚魔王發現自己流鼻涕了，

他用力吸著鼻子，把鼻涕吸了起來，

3 然後，吞進了肚子裡。

所以，這代表？

三人再度一起被愚魔王吞進了胃裡。
啊啊，如果早知道又會回來這裡，我剛才不應該把那顆大電池丟掉。
嘿嘿，別擔心
因為我覺得丟掉太可惜，所以就把電池撿起來了。
魯豬豬，做得好啊！

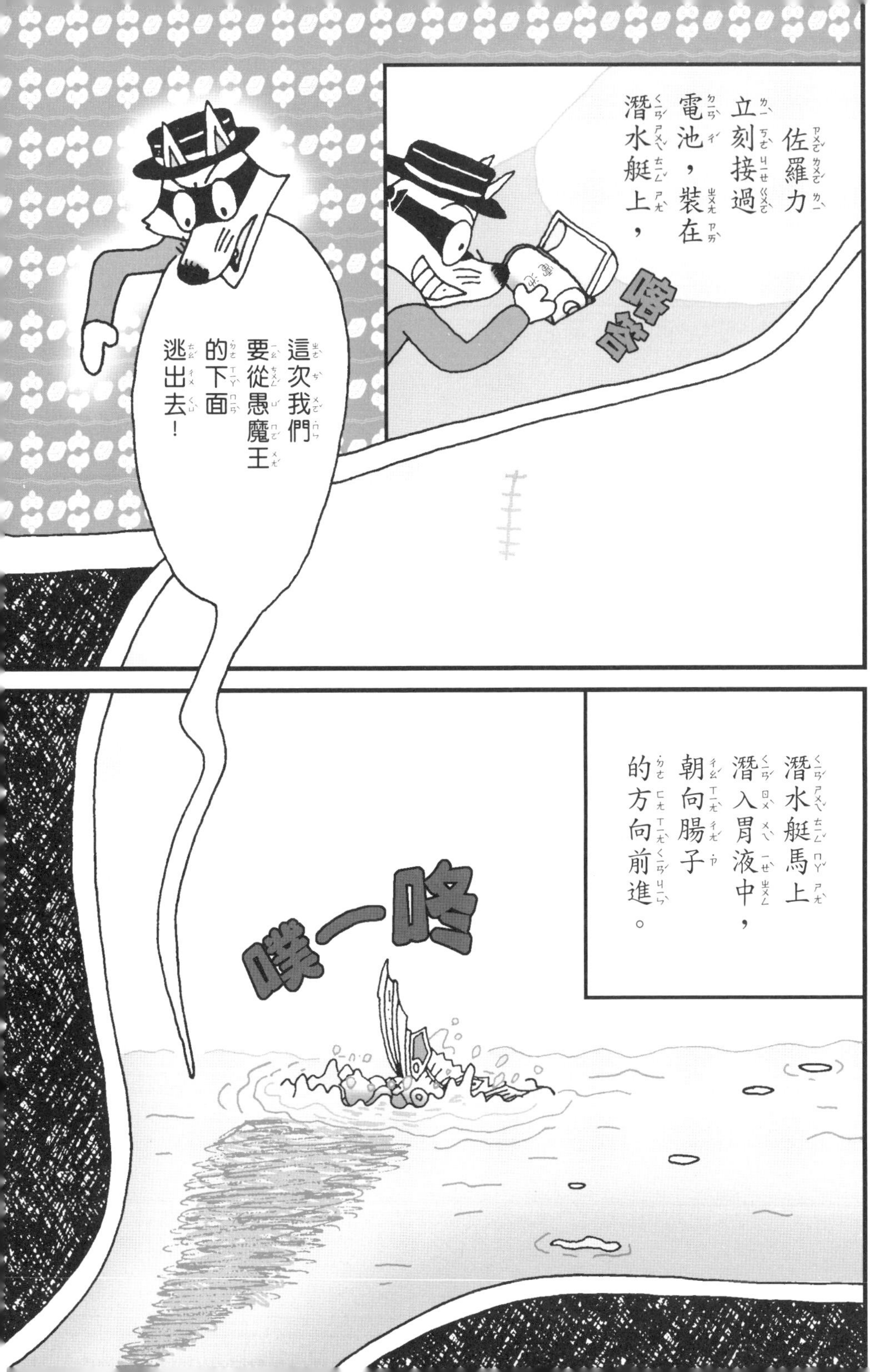
佐羅力立刻接過電池，裝在潛水艇上，
喀答
這次我們要從愚魔王的下面逃出去！
潛水艇馬上潛入胃液中，朝向腸子的方向前進。
噗一咚

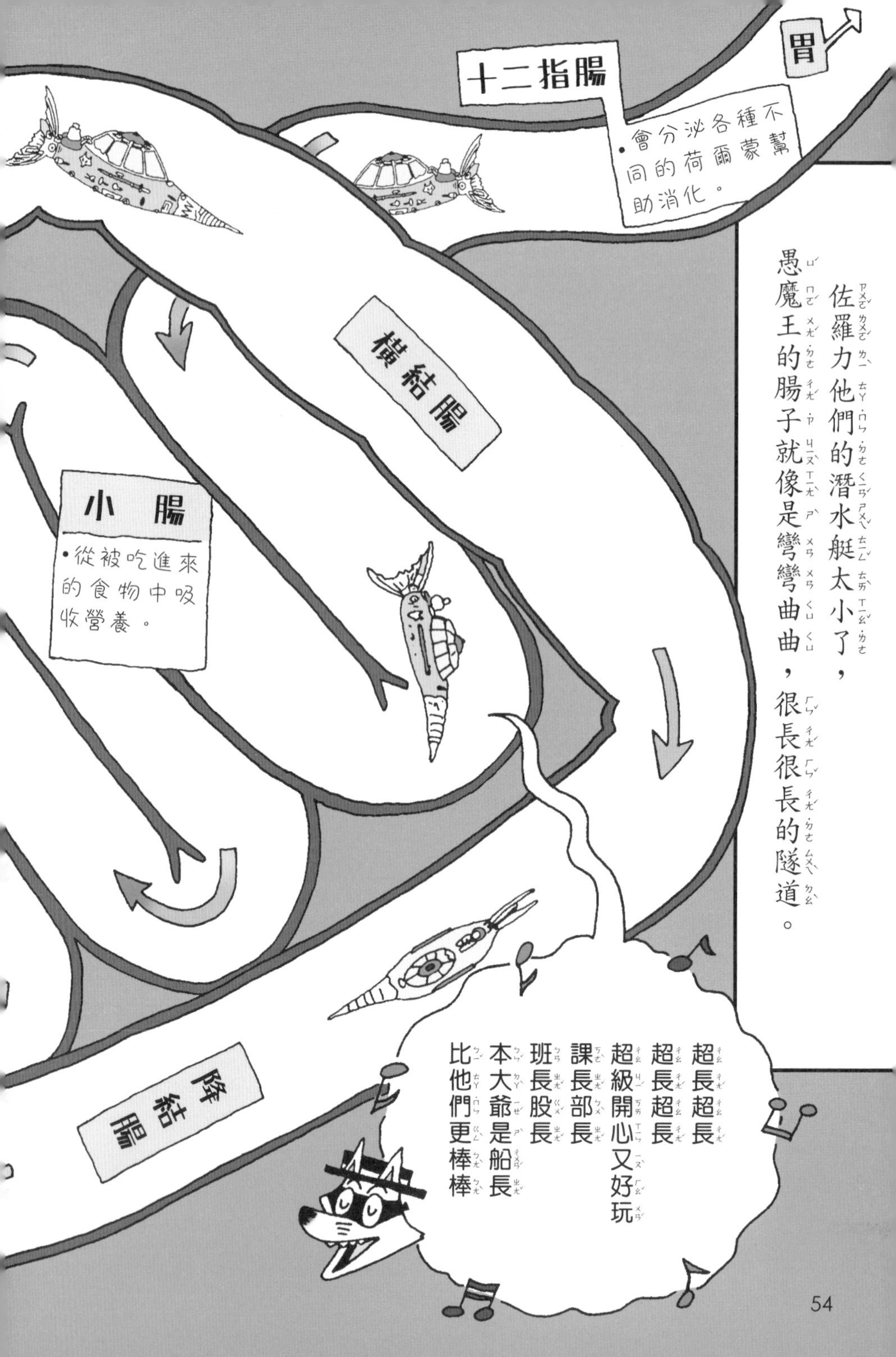
佐羅力他們的潛水艇太小了，
愚魔王的腸子就像是彎彎曲曲，很長很長的隧道。
胃
十二指腸
•會分泌各種不同的荷爾蒙幫助消化。
橫結腸
小腸
•從被吃進來的食物中吸收營養。
降結腸
超長超長超長
超長超長超長
超級開心又好玩
課長部長
班長股長
本大爺是船長
比他們更棒棒

超長超長
超長超長
超級開心又好玩
愚魔王身體裡的
腸道旅行
像溜滑梯
一溜到底
想玩就來試試看
暢快無比，通體舒暢
超長超長
超長超長
超級開心又好玩
升結腸
大腸
•吸收水分，排除食物的殘渣。
盲腸
他在當閻魔王時出現了這個部分
閻魔腸
•不知道能不能成為營養時，就在這裡思考。
闌尾
乙狀結腸
直腸

三個人一路唱著歌，腸子之旅也漸漸接近了尾聲。

但是，當出口近在眼前的時候……

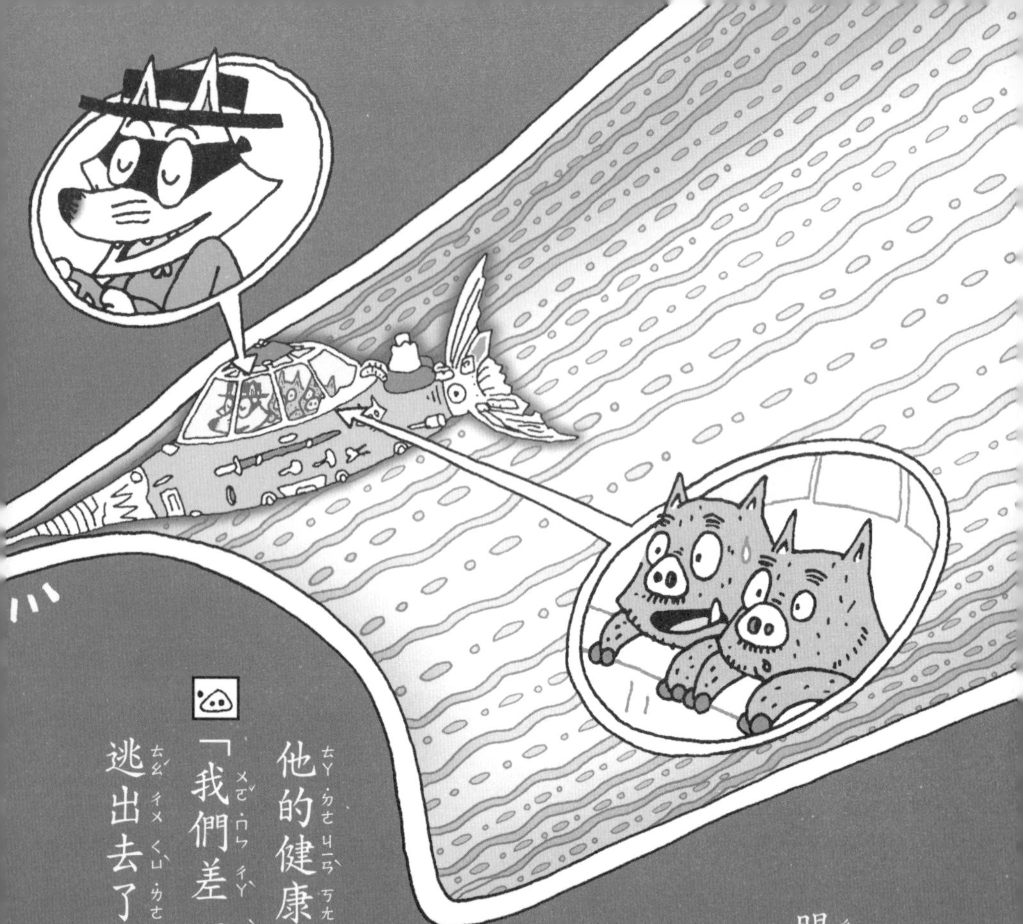

腸子的前方冒出一個
很大的膿包，擋住了
去路，潛水艇根本
沒辦法過去。

「愚魔王的身體
好像有很多毛病，
他的健康大有問題。」

「我們差一點就可以
逃出去了，佐羅力大師，

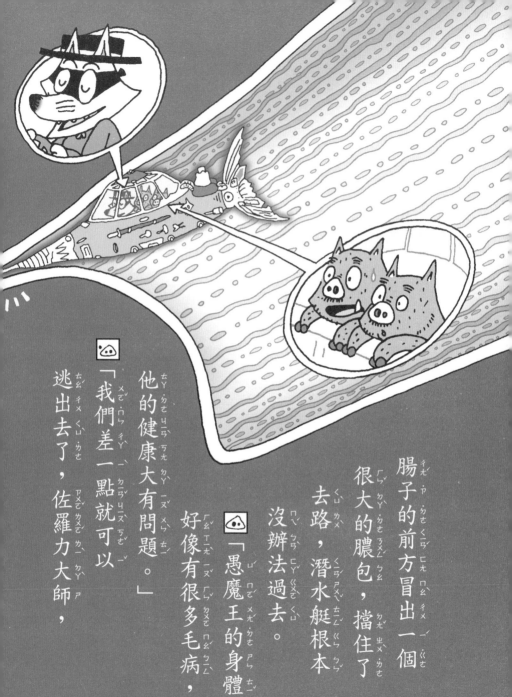

這下子該怎麼辦？」

「別緊張，小事一樁嘛。本大爺為了要在海底尋找寶藏，在這艘潛水艇上設計了各式各樣不同的機關，配備非常齊全。」

佐羅力說完之後，

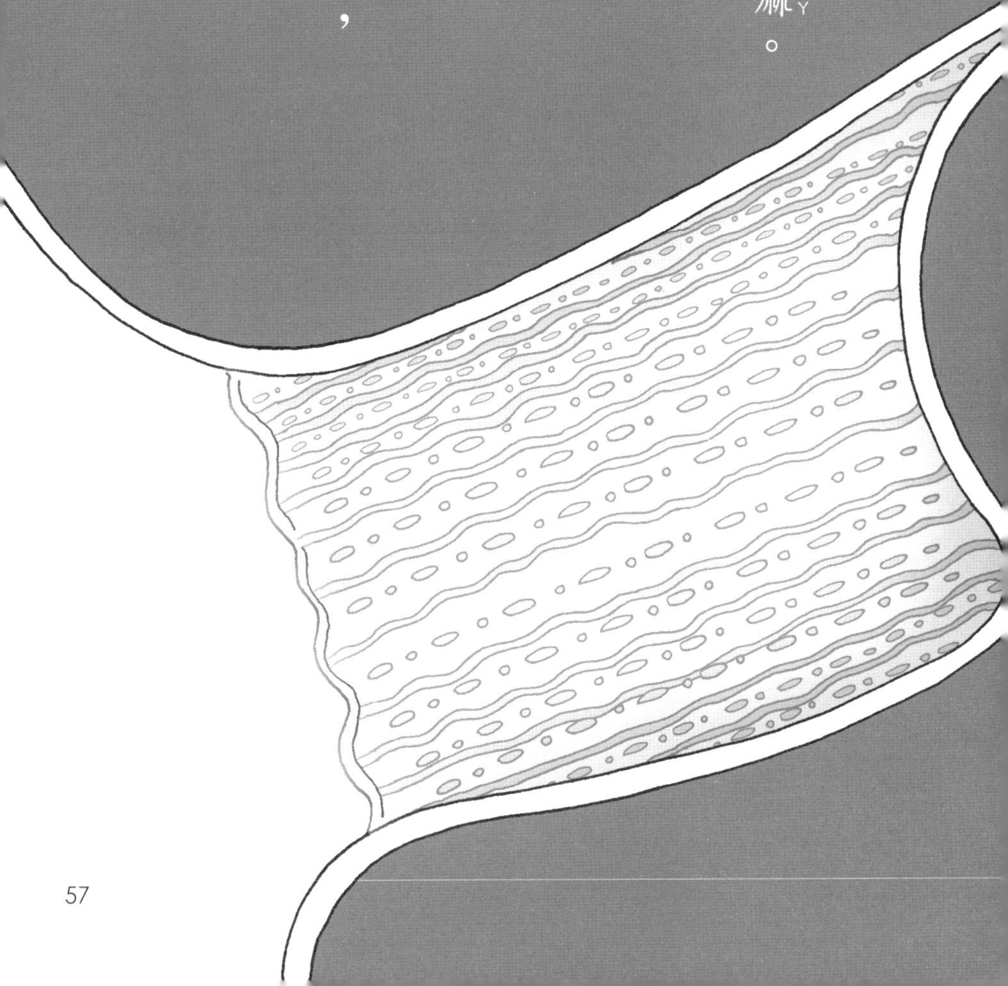

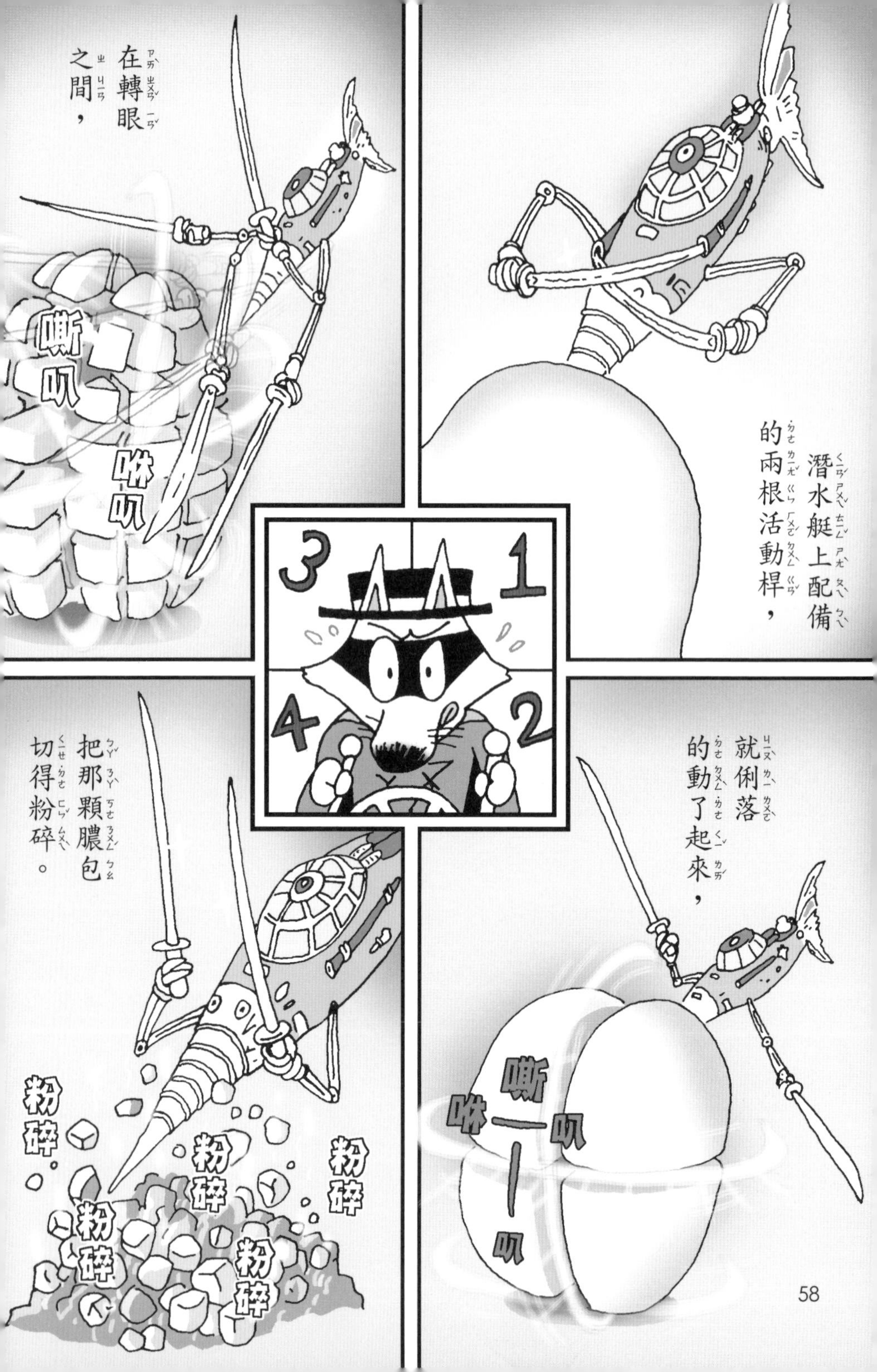
3
1
4
2
潛水艇上配備的兩根活動桿，
就俐落的動了起來，
嘶—叭
咻—叭
在轉眼之間，
嘶叭
咻叭
把那顆膿包切得粉碎。
粉碎
粉碎
粉碎
粉碎
粉碎

這麼一來，擋住潛水艇的障礙物全都清得一乾二淨了。

佐羅力立刻再度駕駛著潛水艇全速前進，但是，來到出口前，他突然踩下了煞車。

「不、不行，我做不到，本大爺沒辦法從這裡出去！」

佐羅力喊著，他鬆開了原本握在手中的潛水艇操縱桿。

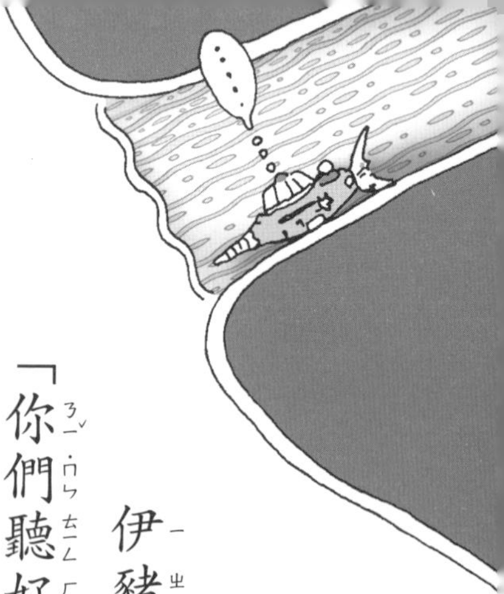

「佐、佐羅力大師，您怎麼了？」

伊豬豬和魯豬豬完全搞不清楚發生了什麼狀況。

「你們聽好了，這個出口是愚魔王的屁眼。
如果從那裡出去，我們就變成了
愚魔王的大便。唉呀，
自由就在前方，到底要掉頭回去，
還是要變成大便？
我們正站在人生的
十字路口。」

佐羅力用力
咬住了嘴脣，
露出一臉
苦惱的表情。

「我們也不想被人家說，
我們曾經是別人的大便。」
伊豬豬和魯豬豬相互看了一眼，
點了點頭，佐羅力語氣堅定的說：
「好，我決定了！」

佐羅力他們掉頭轉向，沿著剛才經過的腸道往回走……

他們經過了胃液，終於在胃中浮了起來。

這時，突然

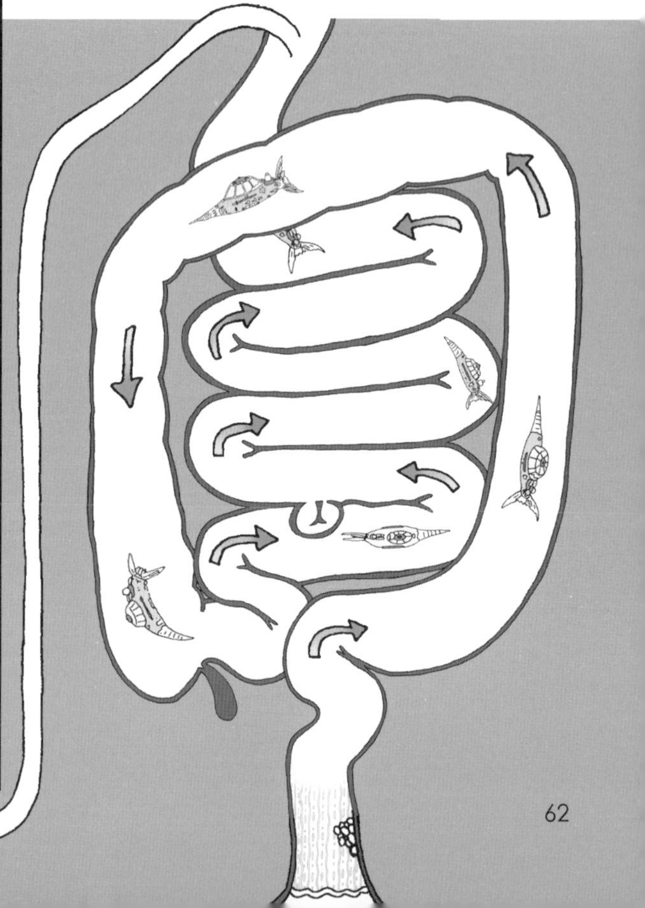

一個黑影冒了出來，
落在潛水艇上。
那個黑影是……

愚魔王手下的小惡魔。

「大王的飽嗝和冷嗝一直打個不停，派我下來察看。原來是你們乘著潛水艇在這裡搗蛋，好，那就看我的！」

小惡魔伸出他銳利的尖尾巴，一次又一次的刺向潛水艇的窗戶。

「我要戳破這裡，讓胃液流進去裡面。

你們趕快認命，乖乖被胃液溶化吧。」

「不、不可以這樣。」

佐羅力駕駛著潛水艇，不顧一切的用力衝向胃壁，想要把小惡魔甩下去。

沒想到……

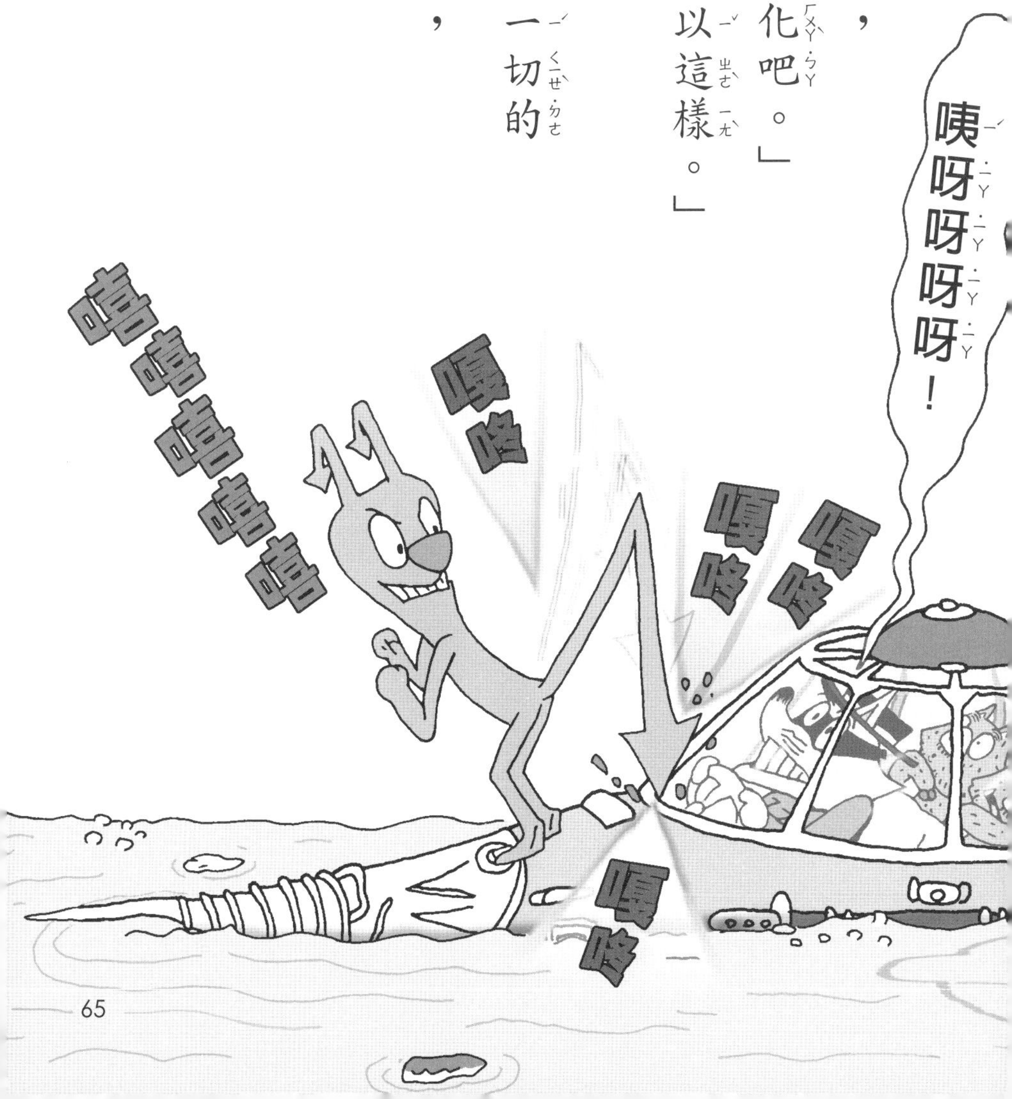

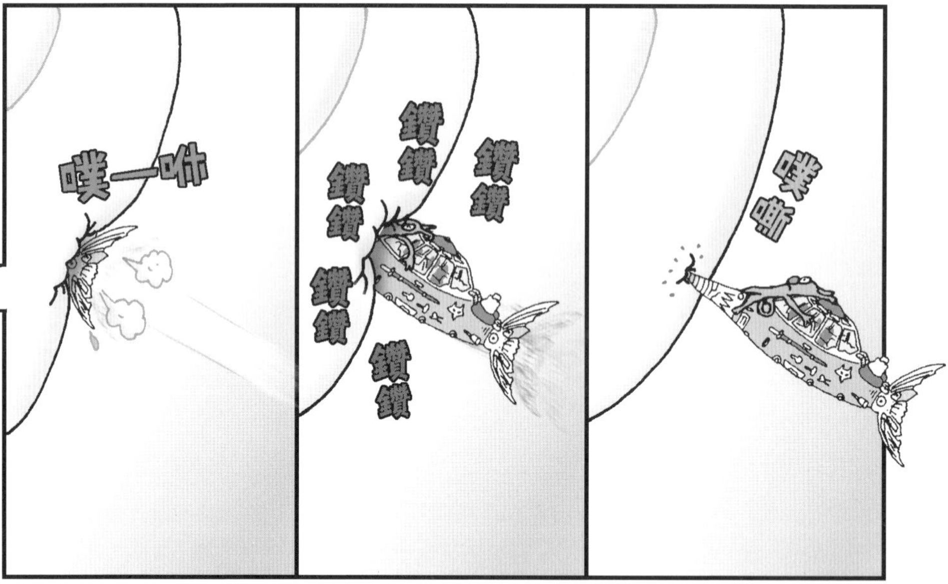

前端很尖的潛水艇就像是打針的針頭一樣，慢慢鑽進了胃壁的血管裡。

血液在血管裡流動，而且流動的速度驚人的快。

小惡魔拚命的抓住潛水艇，擔心自己會掉下去。
佐羅力把潛水艇旋轉了一百八十度，讓潛水艇朝著血液流動的反方向前進。

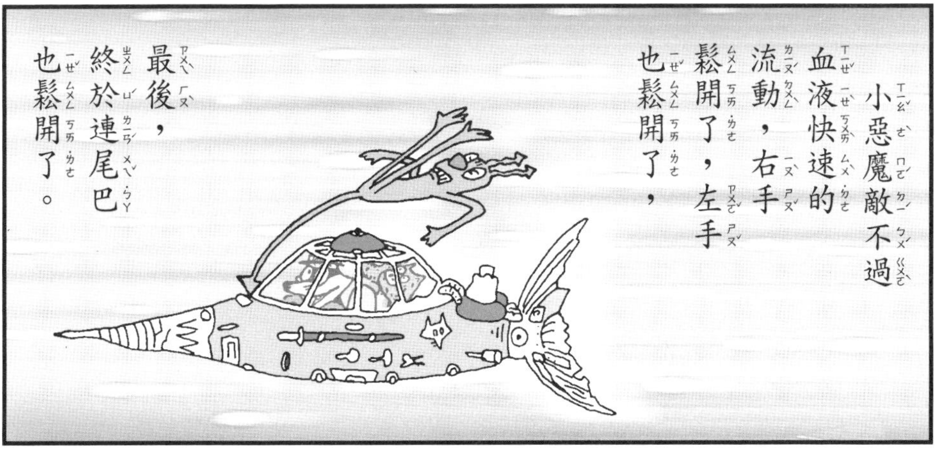
小惡魔敵不過血液快速的流動，右手鬆開了，左手也鬆開了，
最後，終於連尾巴也鬆開了。

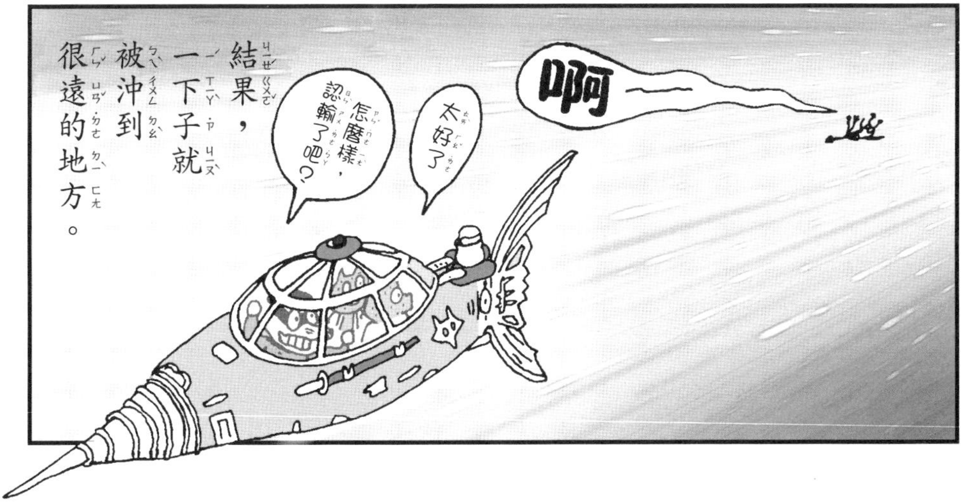
啊——
太好了
怎麼樣，認輸了吧？
結果，一下子就被沖到很遠的地方。

佐羅力又立刻把潛水艇掉了頭，熄了引擎，讓潛水艇隨著血液一起流動。
血液會繞著身體循環一周，然後又回到這裡。只要我們和小惡魔流動的方向一樣，而且速度也一樣，就一輩子都不會再見到那個傢伙了。
而且，我關掉了引擎，這麼一來，也不會浪費電池。

所以呢，

佐羅力他們決定，在想出逃出去的方法之前，先暫時隨著血液循環，在血管裡流動一陣子。

愚魔王的血管因為周圍淤積了油膩垃圾變得很狹窄，潛水艇橫衝直撞把血管撐開了……

所以，愚魔王的血液循環也因此變得十分順暢。

「我們簡直就像是血管的清道夫。」

「是啊，只不過這艘潛水艇上沾到了很多黏糊糊的白色東西，變得愈來愈髒了。」

原本悠悠哉哉的佐羅力聽到了伊豬豬和魯豬豬

的談話，立刻跳了起來，

「真的假的？」

他把臉貼在潛水艇的窗戶上驚叫著：

「這、這是白血球吧！」

「白血球是什麼？

佐羅力大師，是什麼好吃的東西嗎？」

魯豬豬問。

當細菌進入身體裡面時，血液中的白血球就會一擁而上，把細菌包圍，然後攻擊它們。那些細菌就會化成「膿」，變成膿包。
喔，好厲害呀。白血球就好像是正義使者，保護身體不被細菌侵入。

你們搞清楚狀況，現在不是感到佩服的時候，這代表我們現在被當成了細菌，會變成「膿」，然後就會變成膿包，這樣也沒關係嗎？

伊豬豬和魯豬豬臉色發白。

「雖然這麼說，但我們現在完全不知道血管流到哪個地方了。如果輕舉妄動，現在衝出去的話，可能又回到胃裡，本大爺才不要呢！

到底要從哪裡離開血管好呢？」

佐羅力在思考的時候，白血球又不斷的黏在潛水艇上。

雖然有點突然，以下是原裕的健康小知識①

◎請一定要把這一頁給媽媽看，說服媽媽，「妳看，這次的佐羅力讓我學到很多知識，所以買回家看很不錯唷！」

（但要小心，別讓媽媽看到其他頁的內容。）

☆血液中，有一種名叫紅血球的東西，是紅色的，所以血液看起來是紅色。

☆當紅血球吸收了肺部呼吸進來的氧氣後，就會變成鮮豔的紅色，把氧氣送到全身。

☆在釋放氧氣的同時，吸收二氧化碳這種身體不需要的廢物後，紅血球就變成了暗紅色。

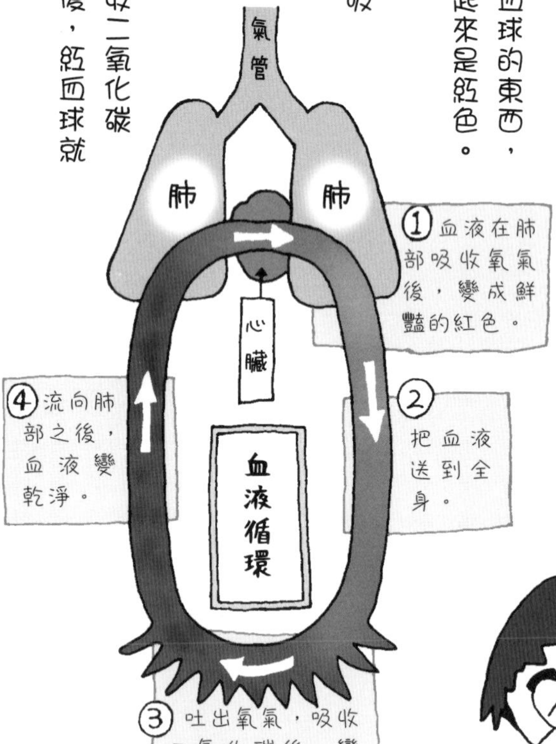
氣管
肺
肺
心臟
血液循環
①血液在肺部吸收氧氣後，變成鮮豔的紅色。
②把血液送到全身。
③吐出氧氣，吸收二氧化碳後，變成暗紅色。
④流向肺部之後，血液變乾淨。

◎手背上不是有藍綠色的血管嗎？
這就是靜脈。
暗紅色隔著皮膚時，看起來就是這種藍綠色。
流著鮮紅色血液的動脈在身體深處，所以外表看不到。

佐羅力突然想到，血液在肺部和氧氣結合之後，就會變成

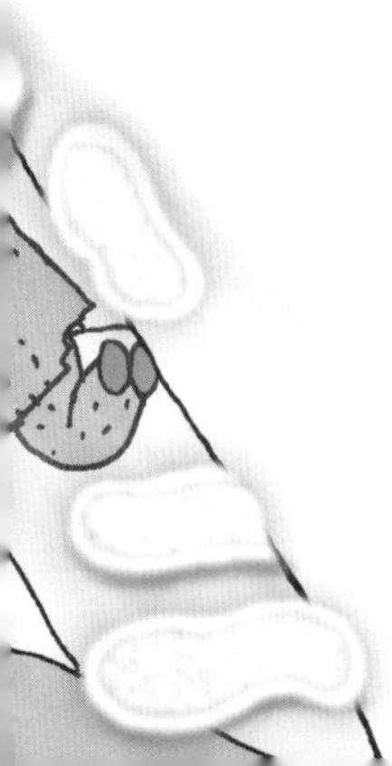

鮮紅色的血液。

「好，只要去肺部，就可以經過氣管，從他的嘴裡逃出去！」

三個人從已經黏滿了白血球的窗戶縫隙中，尋找血液顏色最鮮紅的地方，找到之後，立刻全速發動引擎，衝出了血管。

那裡剛好就是愚魔王的肺部。抬頭往上看，立刻看到吸入了新鮮氧氣的氣管。

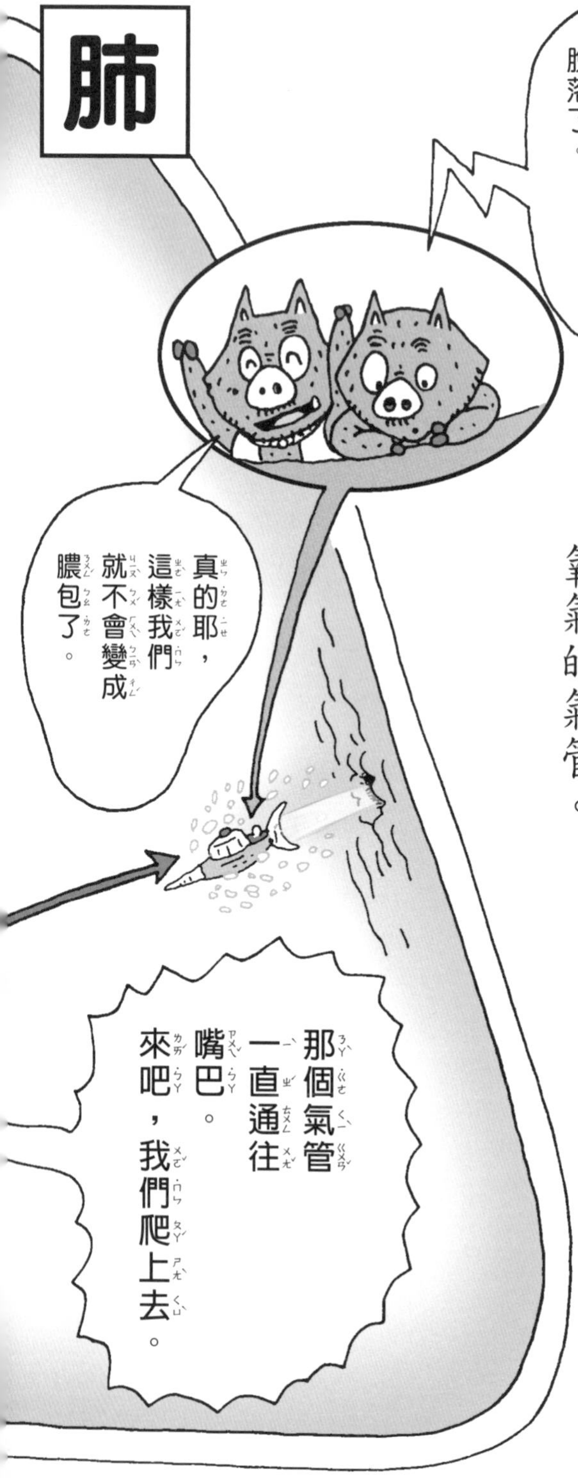
肺
啊，離開血管之後，潛水艇上的白血球也都自己脫落了。
真的耶，這樣我們就不會變成膿包了。
那個氣管一直通往嘴巴。來吧，我們爬上去。

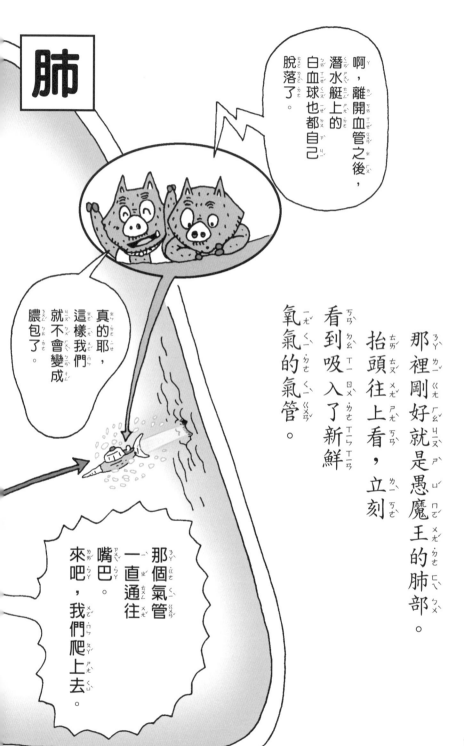

佐羅力他們
進入氣管之後，
為了避免從氣管滑下來，
就利用潛水艇上的吸盤，
慢慢的向上爬。

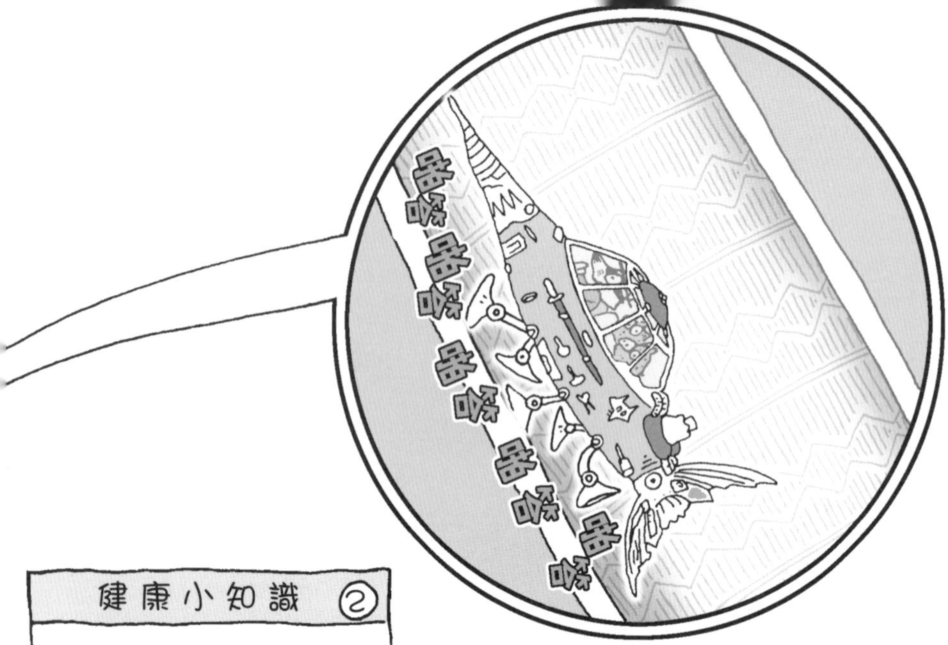

氣管是吸入空氣的重要通道。只要稍微有異物入侵氣管，身體就會努力想辦法把它排出體外。

健康小知識②

●各位讀者在吃東西的時候，會不會突然猛咳嗽？那種時候，就是你的身體正在想辦法排出不小心落入氣管內的東西。

每當潛水艇
在氣管內往
上爬的時候，
愚魔王也覺得
氣管很癢，忍不住
用力咳嗽起來。

因為愚魔王用力咳嗽，佐羅力他們順利從氣管跳到了嘴裡。

「太幸運了！」

三個人在愚魔王的門牙前走出潛水艇，

然後躲在門牙後，
屏住呼吸，一動也不動，
也不敢說話，
等待愚魔王張開嘴巴。

等了一會兒，愚魔王的牙齒
好像鐵捲門上升一樣慢慢張開，
外面的陽光照進了
愚魔王的嘴裡。

就是現在！

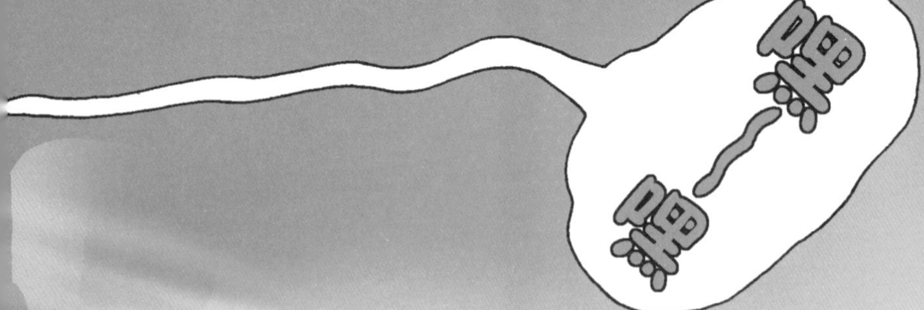

佐羅力他們還來不及跳出去，
小惡魔竟然出現了。
他用尾巴把他們三個人
捲了起來，把他們甩到
嘴巴深處——

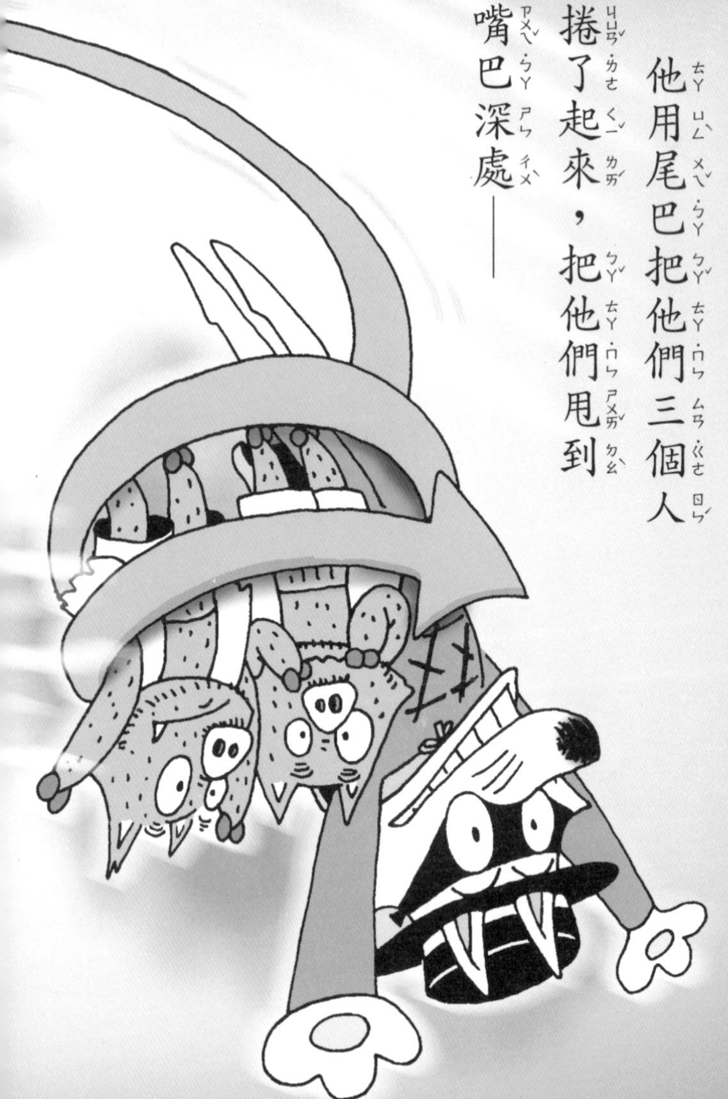

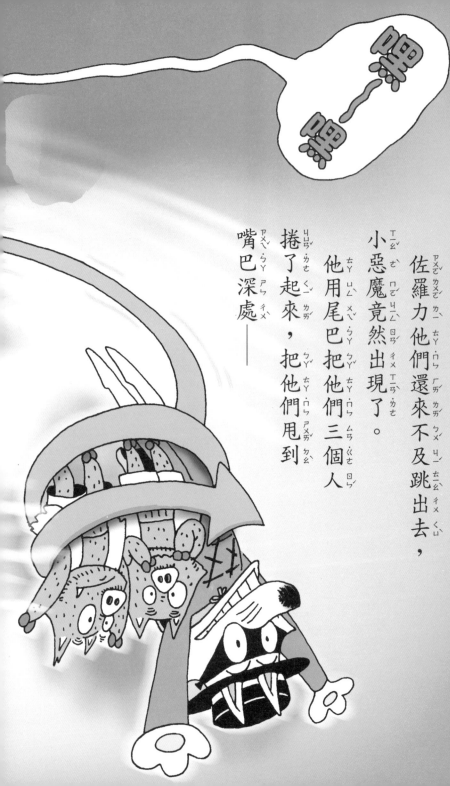

下一秒，就把他們的潛水艇一腳踢到了嘴巴外面。

「愚魔王，任務完成了。我會再把那幾個傢伙丟進胃裡。」

小惡魔一臉得意的拿著對講機向愚魔王報告。

「唉，我們已經失去了可以保護我們的潛水艇，這下子就別再抵抗，乖乖讓他把我們丟進胃裡吧。」

惡魔拿著銳利的尖尾巴，朝向佐羅力他們慢慢逼近。

「啊哈哈哈，你這個表情站在蛀牙旁邊，

看起來好像蛀牙菌。」

「你說什麼？我可不是什麼可笑的蛀牙菌！」

魯豬豬說了不該說的話，結果更加惹惱了惡魔，惡魔氣炸了。

但是，就在這時，佐羅力又想到一個錦囊妙計。

「好吧，本大爺不會再抵抗了，伊豬豬、魯豬豬，來吧，我們自己跳進食道。」

佐羅力背對著小惡魔這麼說，伊豬豬和魯豬豬也只好聽話的跟著這麼做。

「呵，真像男子漢，

怪傑佐羅力果然名不虛傳，

就算你從此以後，

永遠消失在

這個世界上，

我也會把你記在心裡，不會忘記你的。」

當小惡魔對佐羅力的行為感到佩服時，佐羅力小聲的對伊豬豬和魯豬豬說了悄悄話。

然後，轉頭對惡魔說：

「那我們就去囉！」

佐羅力露出牙齒笑了笑，

魯豬豬踩在伊豬豬的身上跳了起來，抓住了愚魔王的懸雍垂！然後鬆開了懸雍垂，對準了小惡魔，狠狠踹了一腳。

噗嚕嚕嚕嚕
緊抓
看我魯豬豬的懸雍垂威猛踢！

惡魔被魯豬豬踢得倒了下來，佐羅力趁機，毫不猶豫的抓住了小惡魔的尖尾巴用力鑽進蛀牙裡，愚魔王痛得哇哇大叫。

小惡魔的尾巴卡進了愚魔王的蛀牙裡，拔不出來，他拚命的拔，尖尾巴的前端剛好刺激到愚魔王牙齒的神經。

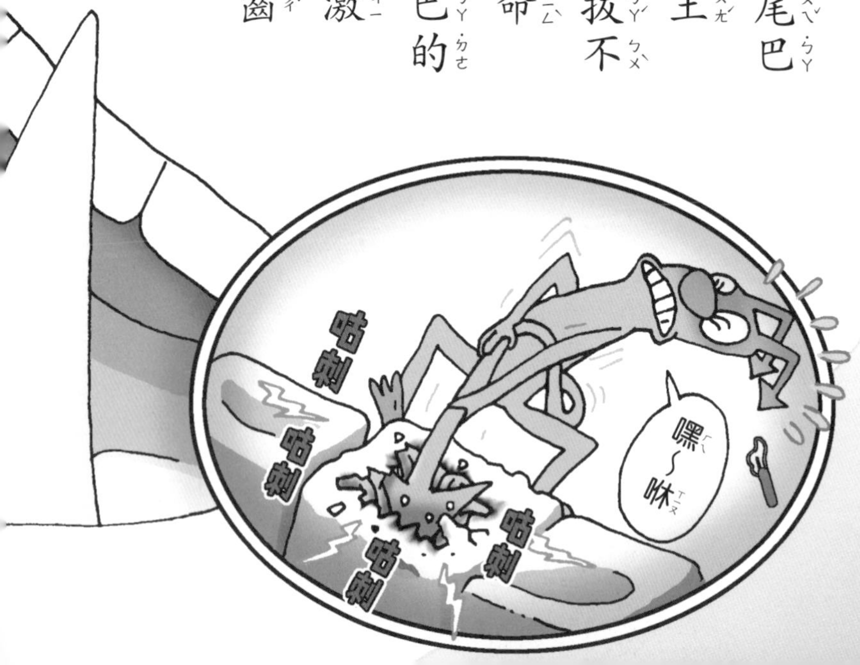

愚魔王痛得受不了，流著眼淚，張大了嘴巴，於是……

佐羅力他們就趁這個機會從他嘴巴跳了出來。

「伊豬豬，魯豬豬，

趁他還沒有追過來，趕快逃啊。」

他們三個人拔腿狂奔起來。

但是，愚魔王根本

沒心情理會他們，

因為實在太痛了，

他忍不住在地上打滾。

怎麼樣？
認輸了吧？
下次再敢把
本大爺吃進肚子，
本大爺絕對不會
善罷干休，
絕對讓你腦袋咚咚，
鼻涕噗噗，
肚子嗶嗶，
等著瞧吧，
你最好小心點。

這天晚上，佐羅力他們找到一家溫泉，舒舒服服的泡溫泉享受。
呼～。第一次跑進身體裡面，看到了身體裡的樣子。原來身體的結構這麼奧妙，真是給我上了一堂課。
雖然愚魔王把我們吃進他的肚子裡，但是我們幫他治好了身體裡的不少毛病，他應該感謝我們才對啊。
就是說嘛。我們還幫他把腸子裡的膿包割掉了。
喔，對啊，我還幫他把胃裡的破洞縫好了。

還幫他的血管做了一次澈底的大掃除。
但是，話說回來，這次真的是太冤枉了。他明明自己做錯事，竟然把責任推到本大爺的頭上。住在天堂裡的媽媽早就教過我，自己的人生要自己開拓。
他搞不懂這個道理，這輩子恐怕再也沒有機會當審判別人的閻魔王了。嘻嘻呵呵。
話說回來，老虎的那張寶藏地圖愈看愈奇怪。
拜託各位讀者
其實，佐羅力他們自己並沒有發現，他們之前曾經有一次變成了別人的大便。如果他們知道這件事，一定會很傷心。所以，拜託各位讀者，不要說出去。
想要看他們變成大便時的狀況，請去看《怪傑佐羅力之天堂與地獄》。

國家圖書館出版品預行編目資料

怪傑佐羅力要被吃掉了！
原裕 文、圖；王蘊潔 譯 --
第一版. -- 台北市：天下雜誌, 2015.06
96 面；14.9x21公分. --（怪傑佐羅力系列；33）
譯自：かいけつゾロリたべられる！！
ISBN 978-986-91881-7-3（精裝）
861.59 104007137

怪傑佐羅力系列 33

怪傑佐羅力要被吃掉了！

作者｜原裕（Yutaka Hara）
譯者｜王蘊潔
責任編輯｜蔡珮瑤
美術設計｜蕭雅慧
行銷企劃｜高嘉吟

天下雜誌群創辦人｜殷允芃
董事長兼執行長｜何琦瑜
兒童產品事業群
副總經理｜林彥傑
總編輯｜林欣靜
主編｜陳毓書
版權主任｜何晨瑋、黃微真

出版者｜親子天下股份有限公司
地址｜台北市104建國北路一段96號4樓
電話｜（02）2509-2800
傳真｜（02）2509-2462
網址｜www.parenting.com.tw
讀者服務專線｜（02）2662-0332
週一～週五：09:00~17:30
讀者服務傳真｜（02）2662-6048
客服信箱｜parenting@cw.com.tw

法律顧問｜台英國際商務法律事務所・羅明通律師
製版印刷｜中原造像股份有限公司
總經銷｜大和圖書有限公司
電話｜（02）8990-2588
出版日期｜2015年6月第一版第一次印行
2022年9月第一版第十六次印行
定價｜280元
書號｜BKKCH001P
ISBN｜978-986-91881-7-3（精裝）

訂購服務
親子天下Shopping｜shopping.parenting.com.tw
海外・大量訂購｜parenting@cw.com.tw
書香花園｜台北市建國北路二段6巷11號
電話｜（02）2506-1635
劃撥帳號｜50331356 親子天下股份有限公司

沿此線剪開

這就是他們從愚魔王身體脫逃出來的路徑!!

各位讀者，是不是看完了《怪傑佐羅力要被吃掉了!》？
現在來複習一下佐羅力逃脫出來的路徑。
知道了之後，就算以後被愚魔王吞下肚子，也不用害怕，可以不慌不忙，從容不迫，輕輕鬆鬆的逃出來。
這是一張寶貴的逃生地圖。為了能夠在發生萬一的情況時發揮作用，一定要好好保存!

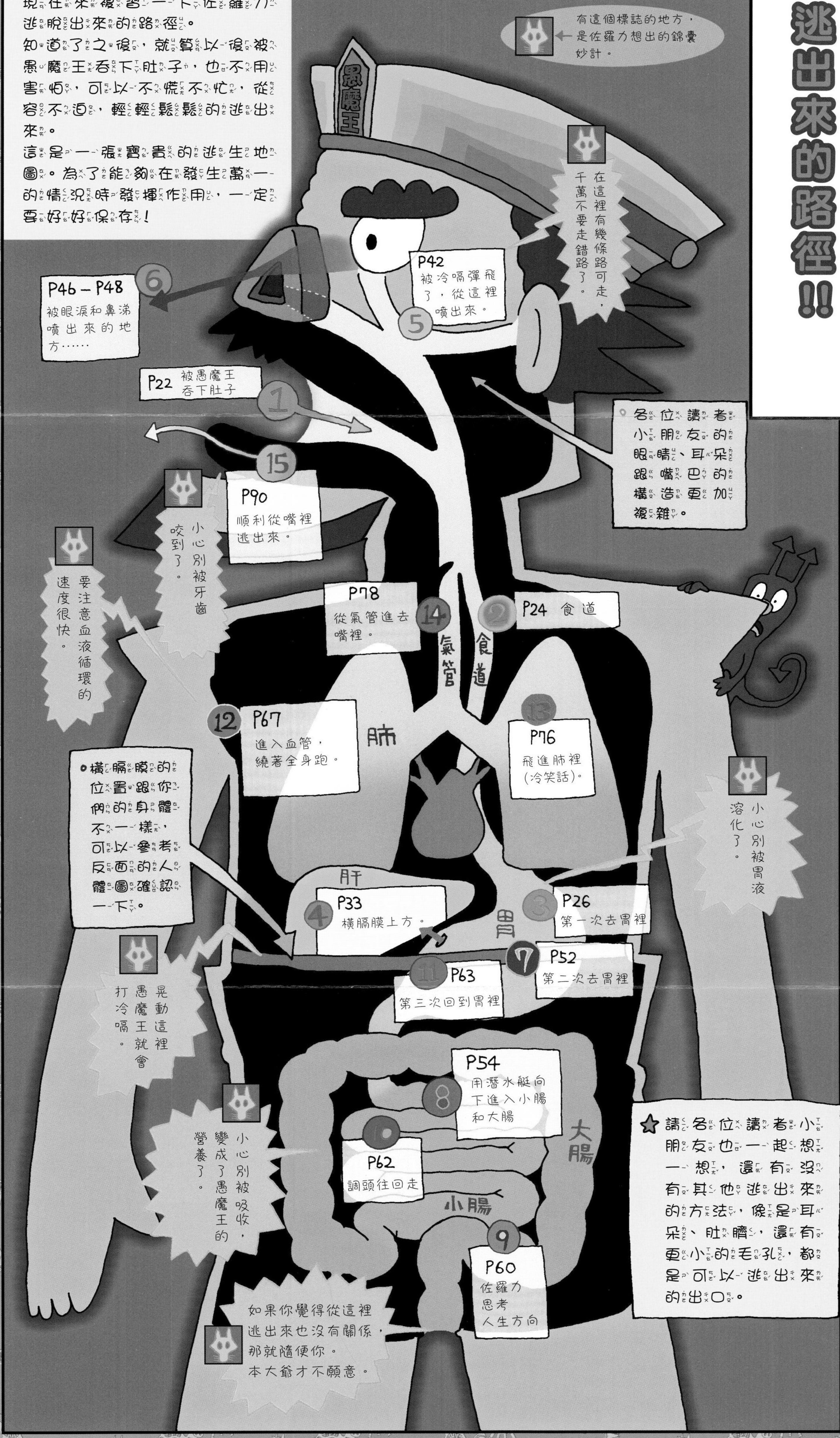

請各位讀者小朋友也一起想一想，還有沒有其他逃出來的方法，像是耳朵、肚臍，還有更小的毛孔，都是可以逃出來的出口。

不要打開 危險

沿此線剪開

身體的結構

「怪傑佐羅力」有時候也會製作這種超級實用的附錄！
趕快告訴媽媽。
把這張圖貼在房間，
會讓你看起來像個博學的小聰明喔。

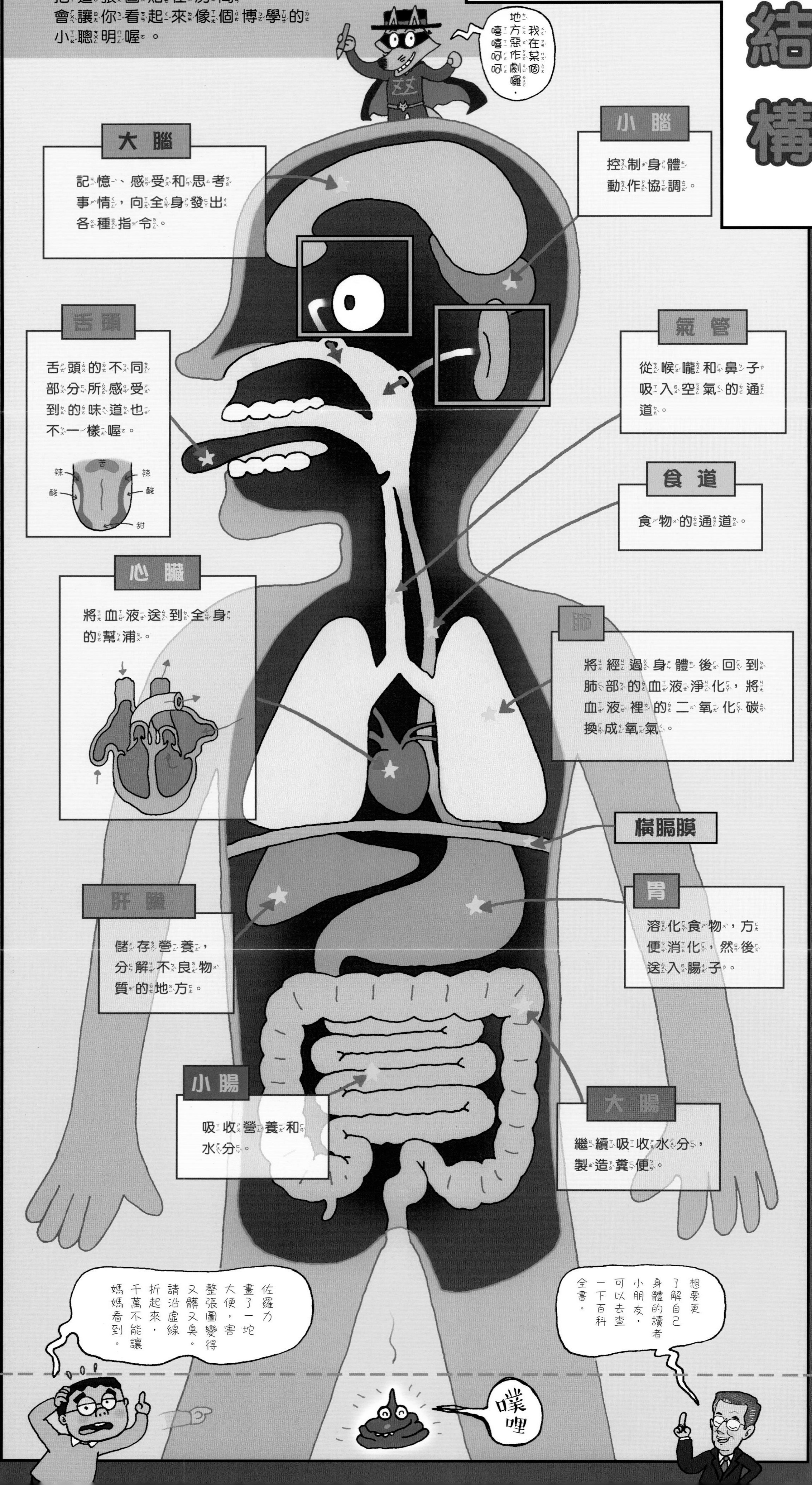

沿此線剪開
沿此線折起
我來出腦筋急轉彎題目，請大家多多動腦喔！
嘿嘿，是不是敲（超）難？想不出來啦？
由可愛的腦筋寶寶出題，冷大叔回答的急轉彎小書吧。
問題⑪
○要怎麼用黑色原子筆畫出紅色的花和綠色的草。
21
②的回答
可樂餅（可六個）。
可以吃那麼多，一定很樂吧。
4
問題⑫
○老鼠吞了一顆大芝麻，會變成什麼食物？
23
①的回答
盤腿。
答案跟腳麻都讓人受不了。
2
問題⑨
○就算沒有目的的尋找寶藏，只要用力挖，就一定會出現什麼？
17
④的回答
尿尿是
小學生（小號很臭）
便便是
大學生（大號很臭）
真低俗啊！
中學生的時候親親最臭！
8
問題⑩
○一隻公雞和一隻母雞，猜三個字。
19
③的回答
火車。
火車火車，一坐上就發火。
6
問題⑦
○什麼水果最燙？
13
⑥的回答
姓「法」。
你應該知道「法老王」吧？哈哈。
12
問題⑧
○誰在家裡睡覺，卻一直有快遞來按門鈴？
15
⑤的回答
直笛。
如果你把直笛折彎，它就斷掉啦！哈哈！
10

腦筋急轉彎
小書
附上冷大叔冷話冷說
可愛的小朋友們
這是一本超讚的書喔！
經典佐賀力系列
親子天下的書都超好看的。
特別附錄
沿此線剪開
沿此線折起
要不要來動手做小小書啊？
這些腦筋急轉彎的問題都是腦筋寶寶出的唷。
問題①
○什麼事情絕對不能用手，只能用腳？
1
⑫的回答
麻糬（鼠）。
咕嚕
小心噎到啊。
24
問題②
○小孩子可以連吃六個，而且很快樂的東西是什麼？
3
⑪的回答
直接寫字吧。
我想要用黑色原子筆畫……
紅色的花和綠色的草
22
問題③
○一坐上去就會生氣的交通工具是什麼？
17
⑩的回答
兩隻雞。
一加一等於二。
這題太簡單了吧！
20
問題④
○在長大之前，什麼時候的尿尿和便便最臭？
7
⑨的回答
汗水。
因為用盡力氣在挖，當然會流出很多汗水。
下一題！
18
問題⑤
○演奏什麼樂器不能轉彎？
9
⑧的回答
王老先生。
因為王老先生有塊地（快遞）。
咿呀咿呀唷！
16
問題⑥
○你知道「老王」姓什麼呢？
11
⑦的回答
梨子。
因為「離子燙」。可惜我的頭髮不夠長。
14

•作者簡介

原裕 Yutaka Hara

一九五三年出生於日本熊本縣，一九七四年獲得KFS創作比賽「講談社兒童圖書獎」，主要作品有《小小的森林》、《手套火箭的宇宙探險》、《寶貝木屐》、《小噗出門買東西》、《我也能變得和爸爸一樣嗎?》、【輕飄飄的巧克力島】系列、【膽小的鬼怪】系列、【菠菜人】系列、【怪傑佐羅力】系列、【鬼怪尤太】系列、【魔法的禮物】系列等。

•譯者簡介

王蘊潔

專職日文譯者，旅日求學期間曾經寄宿日本家庭，深入體會日本文化內涵，從事翻譯工作至今二十餘年。熱愛閱讀，熱愛故事，除了或嚴肅或浪漫、或驚悚或溫馨的小說翻譯，也從翻譯童書的過程中，充分體會童心與幽默樂趣。曾經譯有《白色巨塔》、《博士熱愛的算式》、《哪啊哪啊神去村》等暢銷小說，也譯有【怪傑佐羅力】系列、【魔女宅急便】系列、【小小火車向前跑】系列、【大家一起玩】系列《大家一起來畫畫》、《大家一起做料理》等童書譯作。

臉書交流專頁：綿羊的譯心譯意。

腦筋急轉彎小書的製作方法

1

● 把本書最後所附的附錄剪下來，再沿著紅線剪開。

2

● 將說明書和封面以外的六張沿著藍線折起。

● 將封面從中間折起，把封面放在最外側，按照頁數的順序排列。

3

● 用釘書機釘在12頁和13頁中間的折線處，就大功告成了。

大家一起出題，腦筋急轉彎，說說冷笑話。

後來，愚魔王實在太痛了，
所以就把小惡魔從嘴巴裡抓出來，
愚魔王
嗚哇。
結果把蛀牙也一起拔掉了。
1

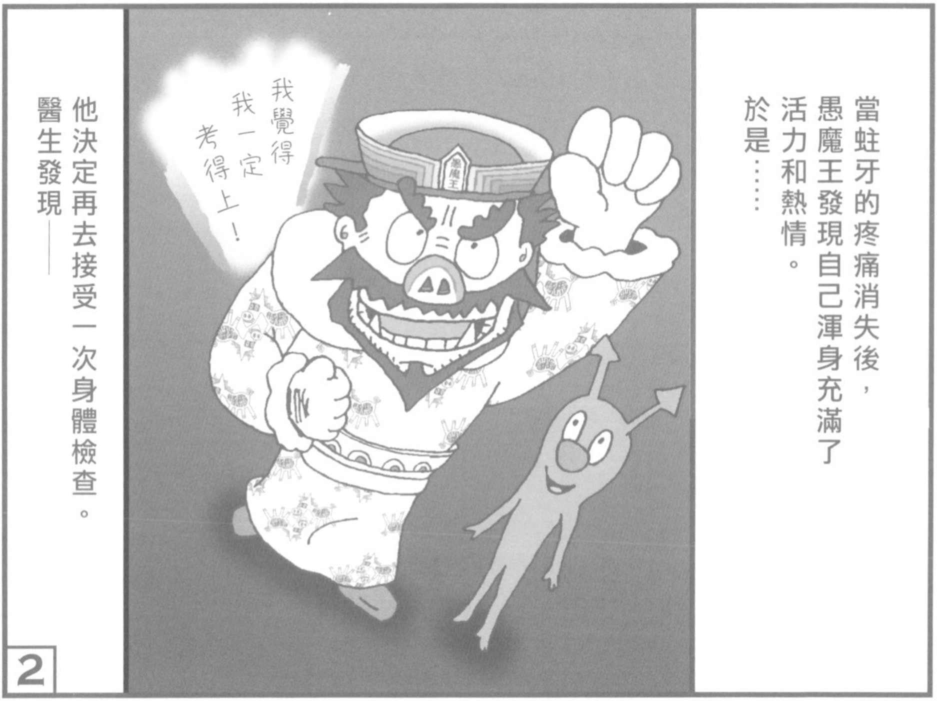
當蛀牙的疼痛消失後，
愚魔王發現自己渾身充滿了活力和熱情。
於是……
愚魔王
我覺得我一定考得上！
他決定再去接受一次身體檢查。
醫生發現——
2